R.O.D
READ OR DIE
YOMIKO READMAN "THE PAPER"
第十巻
イラスト／羽音たらく

R.O.D
READ OR DIE
YOMIKO READMAN"THE PAPER"

第十巻

倉田英之

スタジオオルフェ

集英社スーパーダッシュ文庫

R.O.D　第十巻

CONTENTS

スーパーダッシュ

R.O.D人物紹介

読子・リードマン

大英図書館特殊工作部のエージェント。紙を自在に操る"ザ・ペーパー"。無類の本好きで、普段は非常勤講師の顔を持つ。日英ハーフの25歳。

菫川ねねね

現役女子高生にして売れっ子作家。狂信的なファンに誘拐されたところを読子に救われる。好奇心からか、現在は逆に読子につきまとっている。

ジョーカー

特殊工作部をとりしきる読子の上司。計画の立案、遂行の段取りを組む中間管理職。人当たりはいいが、心底いい人というわけでもないらしい。

書泉

私立サン・ジョルディ学園の副会長。寮で読子と同室になる。

三省洞

読子と読書勝負（リードファイト）をする生徒。紀伊の部下。

國屋紀伊

サン・ジョルディ学園生徒会長。独自の美学に生きる美女。

イラストレーション／羽音たらく

R.O.D
READ OR DIE
YOMIKO READMAN"THE PAPER"

――第十巻――

プロローグ

ああ、いったいどうしたら……。

ていうかヤバい。マジでヤバい。本気と書いてマジと読んで「マジ！」と口に出して「マージー？」と疑問形にしてみた後に反射的に「ぶっちゃけありえなーい」とプリキューチックに続けて激しい自己嫌悪《けんお》に陥《おちい》るほどヤバい。ていうか×ていうか、そこまでくると本気でヤバい。

今何日？　知ってるけど書けない。ヤバいから。

発売日いつ？　知ってるけど書けない。みんな引くから。

いや前よりちょっとマシだけど、俺七月になったらまたアメリカ行くし。カリホーニァの青い空の下、ＤＶＤの営業で。

というコトはつまり、六月中に原稿アゲないとイケないワケで。

で今どんな状況？　ってハッハッハ、書けるワケないじゃないかベイベー。

うわ、超ヤバい。スーパーヤバい。ウルトラヤバい。ヤングヤバい。ビジネスヤバい。週刊少年ヤバい。赤マルヤバい。

ていうか今回はこんなノリでお送りします。ごめんなさい、丸宝《まるとみ》編集長（実名）。もういいの。人の目を気にして生きるなんてくだらナイコトさぁ。いや、仕事的に気にしないとヤバいだろ。と自分でツッコんで直さない。

本当にいいんですよ僕はもう！　と昨日見たカンニングみたいに逆ギレなどしてみて。でもそのすぐ後ああー、すみませんすみませーんって俺は出川《でがわ》のマネするホリですか。ていうか日記か、これは。

うおお、読者がみるみる減っていくのがこの集英社から借りてきたスカウターでハッキリとわかる！　ちなみにレンズの裏には「よわむしらでぃっっ」と書いてありました。イジメ、カッコ悪い！　いやまあ、外伝ですから。外伝だったらナニしてもいいのかーっ！　クリリンのことかーっ！　ああ泣ける。いやそうじゃなくて。いや泣けるんだけどそうじゃなくて。

ナニがマズいかってこの書き出し、今まで一六回試し書きした中で一番ノリがいいのがマズい。もうノリノリなのがマズすぎる。書き直しとかあるのだろうか。そしたらアメリカで書くのでしょうか。イヤだ！　カリホーニァの青い空の下で僕は、日本で発売してないDVDを買い漁《あさ》るのですよ！　こないだシカゴでも買ったけど。営業なんてホッタラカシで！　シゴトもテキトーにみんな（DVD）待ってる店までハリアッハリアッ！　とあえて佐野《さの》的に。怒られますね、僕きっと。

本も向こうは安いのですよ。普通の本屋の中でバーゲンとかやっててちょっとビックリですよ。NASAの本とか買ってきたですよ。ヘルボーイの画集とかも。

一応書いておきますが、これアトガキではありません。れっきとした本文です。まあなんていいますか、夢枕獏《ゆめまくらばく》先生の仰天《ぎょうてん》文体みたいなモノだと思ってください。はい、足下にも及びませんのはわかってますですが。

つか、本が安いのですよ！　もちろん英語だけど！　デカいけど！　重いけど！　また買いに行きたいのですよ！　オコヅカイを一〇〇万円持って！　持ってないけど。

今読み返してみましたがなんでしょうコレは。どうでしょう水曜。記念すべき一〇巻目にこういうのを持ってくる自分がちょっと好きだ。ちょっと好きということは、大部分嫌いといえるのだろうか。そこに気がつくな自分！

うわヤバい。もう一〇日もローレンにメールしてない！　嫌われてしまう！　ローレンに！　ちゅーか、そもそも好意があるのか彼女は僕に⁉　だって嫌いならメルアドとか教えてくれないと思うし！　と自分をゴマかす三五歳。向こうは二四歳。本好きで英語の非常勤教師。『R．O．D』を知った時は本屋で働いていたらしい。そんなバカな！　地球の裏側にカーロス・リベラがいた矢吹丈《やぶきじょう》のような気分だ！

マズい！　こんな調子で幾らでも書けてしまう！　この一冊、全部こんな感じで埋まってしまう！　お手をどうぞセニョリータ！　関係ないし。

オッケ。オッケー。そろそろ行こうぜ。

R.O.D 通巻一〇巻記念なのに外伝
スクール・オブ・ブック

第一章『金は無い。が、無理はある』

東京は神田《かんだ》。神保町《じんぼうちょう》。

→この一行を書いた後、本当に神保町に行ってきた。だからヤバいというのに！　いや、最近行ってないなぁ、と思ったらもういても立ってもいられなくなって。でも最近っても一週間とかなんだけど。禁断症状かよ！

ちなみにウチは中野《なかの》です。小《こ》一時間かけて行って、本と雑誌を数冊買ってきました。キッチン南海《なんかい》で定食を食べようと思ったら、行列までできてたのであきらめました。

そんな神保町の裏通りに、古いビルがあるですよ。

ここ数年の再開発の波に乗り遅れた、というかそんなビッグウェンズデーだか稲村《いなむら》ジェーンだかがあったコトすら知らなかったような、古ぼけたビルです。

あの懐《なつ》かしき七、八〇年代の男泣きドラマ、つまりは『傷だらけの天使』や『探偵物語』を彷彿《ほうふつ》とさせる、のんびりとした佇《たたず》まいです。なんのコトだかわからない人はお父さんやお母さんに聞いてみましょう。お兄さんやお姉さんでは少し荷が重いかもしれません。「なにソレ？知らないしー。チョベリバー」なんて答える人は、本当のお父さんやお母さんじゃありません！　お父さんお母さんの皮を被《かぶ》ったアモルファス星人です！　アナタは橋の下で拾われた哀しみの王子で一六人の妹戦士を探して悪の財務官討伐《ざいむかんとうばつ》に旅立ちって、キリがないのでこのへんで強引に話を進めます。

さて、そんな古いビルの屋上には、やはり古い女が住んでいます。

四階建てのビルの屋上にあるペントハウス、これもお父さんお母さんに聞いてみましょう。私たちの世代は、ビルの屋上のペントハウスに多大な思い入れを持っているものです。持っていないヤツは人間じゃありません！　不衛生な皮を被ったアッセンブルインサート星人ですが、特に気にせず話を続けます。

「うううぅ～～～～～～……。お坊っチャマにはわかるまい～～～～～……」

ペントハウスの中から、なにやら奇妙な声が聞こえてきます。具体的に言えばタレントの三浦理恵子《みうらりえこ》にクリソツな感じの声です。だからといって三浦さんの声が奇妙なのかといえば、いやそういう意味ではなくて。この場合は、声の内容が奇妙だとかで受け止めてほしいものです。

カメラ（というか作品の主観）はスルリとプレハブの中に入るのですよ。

簡易なキッチンのついたその部屋の中は、大量の本棚《ほんだな》とそれを埋め尽《つ》くす本、段ボールに入った本、床に積み上げられた本、無造作《むぞうさ》に置かれた本、キチンと並べられた本、とにかく本、本、本という惨状《さんじょう》です。もうこの描写書き飽《あ》きましたが。いっそのこと自分の部屋を写真に撮って貼り付けようかとも思いましたが。社会人的にヤバげなアイテムもあるのでヤメときましょう。

「ああぁぁぁぁ～～～～～～～……」

そんな本の包囲網《ほういもう》の中、部屋の中央にぽつりと置かれたベッドの上で。

なにやら、生き物が蠢《うごめ》いています。

ぼさっ、とあまり手入れをしてない黒髪。そこそこに盛り上がったり、凹《へこ》んだりしているボディーラインから、女性であるコトがわかります。ていうか、そんなトコでも見ないと女性とは思えないダメっぷり。

そして顔には、地味な印象をさらに地味にする、黒ブチの男性用メガネ。オシャレという言葉からはハノイ↓ホーチミン一八〇〇キロなみに遠い、遠すぎる、そんな彼女の正体は……。

あまり意味なく描写を引っ張ってみましたが、なんのことはない、読子《よみこ》さんです。

「うう～～～～こんな女に誰がしたぁ～～～～。……いや、自分ですが……」

一人でグチって一人でツッコむ、ひとりぼっちの読子さん。考えてみれば彼女、登場する時はだいたい本を読んでるか、寝てるかしてます。二〇代半ばの女性としてはある意味リアル、ある意味ユメもキボーもない、といえるでしょう。

「……あらよっと」

かけ声をあげて、読子さんが動きだしました。といっても、ゴロリと転がって床に落ちただけですが。

「えひゃい！」

『北斗《ほくと》の拳《けん》』でアミバが連打をくらった時のような声をあげ、読子さんが着地しました。

「う〜〜〜〜〜〜……」

そのまま、グダグダと床を這《は》っていきます。勢い、本の山が崩《くず》れて埃《ほこり》をあげますが、気にしません。少しは気にしろよと作者ながら叱《しか》りとばしてやりたい気持ちです。

「………………………うふふっ♪」

本の中を這い進むという行為が思いの外《ほか》気に入ったのか、読子さんは気色《きしょく》悪い笑みを浮かべました。気分は金貨のバスタブに全裸《ぜんら》で浸《つ》かるミネフジコのようなモノでしょうか。ミネフジコの弁護士から訴えられても文句は言えませんな。

読子さん、とある本棚《ほんだな》の下に到着し、本棚に手をかけてぐらっ、と傾けてみます。

絶妙にバランスを失い、一冊の本が落下してきました。顔面に激突する前に、普段は見せない運動神経でそれをキャッチする読子さん。手慣れたものです。

ちなみに、他の人がこういうコトをするとたちまち棚いっぱいの本が絨毯爆撃《じゅうたんばくげき》のように自分に降りかかってきますので、ヨイコもワルイコもフツウノコも大将もマネしないほうが吉でしょう。たかが本と侮《あなど》るなかれ。ウチドコロによっては痛悲しい目にあいますので。

「ふむぅぅ〰〰〰〰……」

読子さん、神妙《しんみょう》な顔をしてキャッチした本をパラパラめくります。表紙には『大笑いしながらお金を貯める！』と書かれています。

本以外では無敵の無関心ぶりを発揮《はっき》する読子さんは、無造作《むぞうさ》にお金を本に挟《はさ》んでいるのです。どうやら本人は金庫代わりのつもりらしいのです。でも時々、どの本に挟んだかを忘れてしまう、ナチュラルトラップにも引っかかってしまうのです。それにしても、読子さんがこの本を買った時、どういう精神状況にあったのかはいずれ追及してみたいところです。

ぴろり、と本から糸が垂《た》れ落ちました。栞《しおり》代わりにする赤い糸です。

その先っちょが鼻の頭を撫《な》で、読子さんは、

「！　うひぇっ」

と可愛《かわい》らしさの不足した声を出しました。

「あーぁ……」

上半身をむっくりと起こし、部屋の中を見渡します。

ぐぎるるるる、と蒼黒《あおぐろ》きケモノの鳴き声にも似た音が、読子さんのお腹《なか》から聞こえました。読子さんはそこを手で押さえ、他人事《ひとごと》のようにポツンと呟《つぶや》きます。

「……お腹が、すきました……」


「いっただき、まーす！」

読子さん、ナイフとフォークを手に元気よく声をはりあげます。

しかしどうしたことでしょう、部屋の中には楽しいお料理の匂《にお》いなど、微粒子《びりゅうし》ひとつも感じられません。そもそもキッチンにも本が堆《うずたか》く積み上げられ、料理などできるはずもないのです。

「…………………………」

そんなツッコミも聞こえない読子さん、ナイフ、フォークを動かすこともなく、じっとりとした視線を目の前にあるものに剝《む》けて、ではなくて向けています。

勘《かん》のいい人はおわかりでしょう。

彼女の前に置かれているのは、料理の本です。世界各国の名物から、今夜のオカズ一〇〇選までもが網羅《もうら》された『最強料理ガイド　食わずに死ねるか！』というムック本です。

つまりは、映像として料理の情報を脳内に入力した後、無理矢理に満腹信号に変換して空腹を凌《しの》ごう、と考えているのでしょう。

本好きなら誰でも一度は考え、挑戦してみることです。

それが実現すれば、食費のすべてを本代に注ぎ込むことができるのですから。

「…………………………」

読子さん、かつてない真剣な眼差《まなざ》しで、本を見つめます。言うまでもありませんが、こんな方法が成功するわけがないのです。そんなご都合主義のダメマトリックスが実現した日には、世界中の駅前食堂が廃業《はいぎょう》になってしまいます。

「…………………………」

しかし読子さんの目は、あくまで真剣です。プロの格闘家やスポーツマン、レーサーなどが勝利のシーンをイメージトレーニングしているような空気があります。

よくよく見ると、その唇が小さく動き、なにか言葉を発しているのがわかります。

「……………ムニャムニャもう食べられない、……………ムニャムニャもう食べられない、……………ムニャムニャもう食べられない……………」

一昔前の食いしん坊キャラが寝言《ねごと》で放つ常套句《じょうとうく》です。生き馬《うま》の目を抜くライトノベルでも、イマドキ見られるモノではありません。そんなコトもないですか？　むしろ逆にアリですか？　ローレーン！

「……………ムニャムニャというものが食べたい……」

時々集中しすぎたか、テヅカ的に間違ったフレーズなどが混入されます。わかんない人はお父さんかお母さんか夏目房之介《なつめふさのすけ》先生に聞いてみましょう。

「ムニャムニャ……ムニャ……」

読子さんの目が、座ってきました。どうやらダメマトリックスにダイブ・インした模様です。彼女の脳裏《のうり》では、もうオナジミのブルース・リー師父が「考えるな、感じるんだ！」とお言葉を発しておられます。このフレーズ、とても便利なので本作では何度も何度も何度も使わせていただいております。

「……………とうっ！」

読子さん、勢いがついたのか、思わず声をあげてナイフを本に振り下ろします。妙に手慣れた手つきでページをスッパリ切り取り、フォークでクルクルと丸めました。

「……………ていっ！」

なんの迷いもなく、口に放り込みました。Ａ４サイズのムック本ですので、半分以上が口からハミ出てしまいます。

「…………………………………」

もっしゃもっしゃもっしゃ、と咀嚼《そしゃく》しています。瞳はあいかわらずのトランス状態。

確かに今まで、幾多《いくた》の愛書狂《ビブリオマニア》たちがこういった蛮行《ばんこう》に挑み、そして散っていきました。カフカの『変身』ではありませんが、もういっそある朝目が覚めたら一匹の紙魚《しみ》になっていて、本を食しながら生きていきたい、と思った人もいるでしょう。

しかし重ねて言いますが、そんなことは不可能なのです。できないのです。小松左京《こまつさきょう》氏の『日本アパッチ族』という小説には鉄を食するようになった人間たちが登場しますが、普通人の身体《からだ》は鉄からも紙からも栄養は摂《と》れないのです。

「…………………」

氏の作品では『日本アパッチ族』より『くだんのはは』が好きな読子さんですが、平然と咀《そ》嚼《しゃく》を続けています。バリバリと、紙がたわむ音が室内に響きます。

…………一切《いっさい》の困惑ナシ、迷いナシの読子さん。…………不思議なもので、その（ある意味で）男らしい姿を見ていると、こっちが戸惑いすら覚えます。

……人間って、紙、食べれなかったっけ？

もう九冊も書いてきましたが、読子さんは本が大好きな人間です。ちょっと尋常《じんじょう》ではないほどです。

もしこの世に神様が、特に紙の神様が、略して紙神様がいたとしたら、奇跡の粉は彼女に振りかけることでしょう。

「…………………………」

ひょっとして、まさか、もしかしたら、そんな期待と疑いが浮かびます。恋人もいない貯金もない、免許も資格もない二五歳の読子さん。ついに彼女に、奇跡が起きるのでしょうか。紙神様は、彼女の人生から三大欲望の二つ目までを取り除いてしまうのでしょうか（ちなみに読子さんは、もともと性欲が稀薄《きはく》でしたが、ここのトコロは皆無《かいむ》に等しくなっています）。

「………………………！」

読子さんの表情に、かすかな変化が見られました。さあ、次なるリアクションは人類の新たな進化か、それとも常識への敗北か。

「……………おっ……げっぱ！」

わずかにJB風味な叫びを発して、読子さん、バッタリと倒れました。ひく、ひく、と手足が痙攣《けいれん》しています。電気を通されたカエルのようで可愛《かわい》い、と思ってしまう人はかなり女性に業《ごう》の深さを求めてしまうタイプの人です。おともだちになりましょう。

「……か……かぺぺぺぺ……」

アイスラッガーを受け損《そこ》なった某《ぼう》仙人のような断末魔《だんまつま》を残して、読子さんはそのまま死んでしまいました。

「いや〜〜〜〜〜。死ぬかと思いました」

前々々々々々行の描写などまるでなかったように、額《ひたい》の汗を拭《ぬぐ》う読子さんです。これが集英社魂《だましい》というものです。

「私もまだまだ、修行が足りませんねぇ〜……」

いそいそと本を閉じて、棚《たな》に戻すかと思いきや、そのへんの山の一番上にぽん、と乗せる読子さん。こうして魔界はさらに混沌《こんとん》と散らかっていくのです。

ちなみにお金が無かった時、醤油《しょうゆ》を塗ったちり紙を軽く炙《あぶ》って食べていた作家が小松左京《こまつさきょう》氏なのか山田風太郎《やまだふうたろう》氏なのか、それとも他の誰かだったのか思い出せません。ご存じの方はご一報を。

さて、お金がかからない性格の割に、お金が残らない生活をしている読子さんですが、今回の貧乏はかなりスゴいコトになっているようです。いったい彼女に、なにがあったのでしょうか？

（おわり）

それはこういうワケなのです。

読子さん、前述したとおり、あまり普通人としては欲望も欲情も強いほうではありません。というかむしろ、もう少し一般生活に目を向けてもいいんじゃないか？　というほど服は同じものを着続けるし、散髪には行かないし、時には風呂《ふろ》もパスするし、食べ物には興味がないし、流行とかは最初から知ろうともしないし、と無関心のオンパレード。

しかしその分、彼女の欲望と欲情は、ただひたすら本に向けられているのです。

人間の煩悩《ぼんのう》を一〇八つとするのなら、読子さんの煩悩はただ一つ、本についてだけ。ただしその強さが、普通の人の一〇八倍となっているのです。

そんな読子さん、ショッピングにおいても「店に入ってすぐ買う」「値段を見ずに買う」「迷わず買う」「迷っても買う」「棚《たな》まるごと買う」「店ごと買う」と幾つも荒技を持っているのですが、つい先日、また新たな技を習得してしまいました。

それは「古書市《いち》ごと買う」という、今まで無かった大技です。

ヨーロッパのある町を通りかかった時、読子さんは古書市に遭遇《そうぐう》しました。それほど大きな市ではありませんでしたが、それでも結構な掘り出し物がありそうな雰囲気《ふんいき》でした。ところがその市は、その日が最終日で、しかもあと一五分でみんなお店を引き揚《あ》げてしまう、というバッドタイミングな状況なのでした。

読子さん、朝から本を読んでいて、うっかりスカートを履《は》かずに外出した時のように焦《あせ》りました。彼女の異常な速読術をもってても、一五分ですべての本を吟味《ぎんみ》するのは不可能です。途中でどうせ、本に読みふけり、いつのまにか時間切れ、というデッドエンドになることは、火を見るよりあきらかです。

「ああっ、そんなっ、まだ早いって言ってるのに！」

既に机を畳《たた》み始めている、気の早いオヤジもいます。ふらりと通りかかった町で、偶然出会った古書市。その本たちのすべてに再会する可能性は、限りなくゼロに近い……。

「……………………」

追いつめられた読子さんは、ついに決断しました。

責任者の集まっているテントまで猛ダッシュを決めて、「なんだこの東洋人は？」と自分を見つめる店主たちを、逆に睨《にら》みつけます。

そして、言っちゃったのです。

「………あなたたちの本、全部よこしなさい！」

強盗か、と誤解した店主たちが、一斉に驚きの表情をつくりました。

「………いいえ、お金はちゃんと払いますから……」

この後、読子さんは人生で一番のモテモテ事態に陥《おちい》りました。彼女を囲んだ店主たちの宴《うたげ》と本の梱包《こんぽう》は、深夜まで賑《にぎ》やかに続いたそうです。

そんなワケで、読子さんは今、読子史上最大の窮乏《きゅうぼう》生活に突入しているのです。まさに自業《じごう》自得《じとく》としかいいようがありませんが、つくづく彼女の煩悩《ぼんのう》が読書でよかったと思います。これが例えば性欲で、名前も〝色子《いろこ》さん〟とかだったら大変なコトに。……でもそれはそれで結構楽しげなコトに、と考えてしまう今日この頃。

まあ色子さんの括約《かつやく》、でわなくて活躍はともかく。

せっかく稼《かせ》いだギャランティーもあっという間に使い切り、生活費までピンチになった読子さん。もちろん、非常勤教師としての仕事の予定もありません。

帰国し、この部屋に帰った彼女は、これから自分が立ち向かうビッグ・ビンボー、略してBBに声高らかに宣言しました。

「食費は削《けず》ります……人間、食べなくても死にはしません」

ほぼ間違いなく死ぬと思います。

「電気代も……ガス代も……水道代も……光熱費は、削れるだけ削りましょう！　私たちにはお日様《ひさま》という、頼もしい味方がいます！」

その味方は夜間休業という事実には、あえて気づかないフリをしています。

「雑費は最初からありませんし……おウチで本を読んでれば、交際費も遊興費《ゆうきょうひ》もかかりません。……でもっ！」

拳《こぶし》を握って立つその姿は、まるで『風と共に去りぬ』のスカーレット・オハラ。休憩《きゅうけい》前の名場面です。

「本代だけは！　本代だけは削れませんっ！」

読子さん、この期《ご》に及んで本代だけは〝別腹《べつばら》〟で確保しているご様子です。

この発言で、途端に引いてしまう方もいらっしゃるかもしれない。ナンダ、ビンボーッタッテ、ホンカウカネハアルンジャン、と。無意味にカタカナで書いてみましたが。

いや、そうではない。彼女の気持ちはわかる。よくわかる。愛書狂《ビブリオマニア》にとって、目の前に欲しい本があり、しかし手持ちのお金が無かった時、それがどれだけ苦しいか、切ないか。およそ筆舌《ひつぜつ》に尽《つ》くしがたい苦悶《くもん》と葛藤《かっとう》が渦巻《うずま》き、天は割れ、地は裂《さ》け、吹けよ風、呼べよ嵐と心境は荒れ狂い、魂《たましい》を引き剝《は》がす思いで書店を後にしなければならないのです。

そしてそんな本に限って！　お金ができた時、店頭から消えていたりするのです。

だから読子さんが本代を取っておくのは、当然のことなのです。普通の人だって、「部屋狭いから酸素捨てちゃえ」とは言えないでしょう？　そういうことなのです。

「これからしばらく！　本代以外のサバイバルを生き抜きましょう！」

ヴィヴィアン・リーの目で宣言する読子さんでした。

こうして、読子さんのギリギリライフが幕を開けたのです。


「うぇんでぃ〰〰〰♪　いょほぉうふみぁたぁ〜ん〜♪」

奇怪な鼻歌を鼻ずさみながら、読子さんは屋上の外に椅子《いす》を持ち出しました。周囲はもう夜ですが、さすがに大東京。周囲のネオンや窓から漏《も》れる光で、屋上はそれなりの明度を保っています。

その椅子も、上に何十冊と積まれていた本をどけてのご登板。最後に椅子として使われたのはいつだろう？　と首をかしげる次第です。

ちなみに読子が鼻歌で歌っているのは、子供の時有線で聞いたフリオ・イグレシアスの『ビギン・ザ・ビギン』なのですが、彼女自身もそれを知りません。ただ時々、そのフレーズだけがつい鼻から出てしまうのです。しかもハマると、一日に何回も何回も。そういう歌って、ありますよね。

読子さん、椅子に腰掛けてゆるりと本を読み始めます。照明は、もちろん隣のビルの灯《あか》りと、周囲のネオンです。これが結構読めるもので、快調にページをめくっていきます。

「あはっ……これはこれで、いいもんじゃないですか♪」

新鮮な読書環境に、ご機嫌な読子さん。時折チラチラと変わるネオンの色が、若干《じゃっかん》気にはなりますが、読書に没頭《ぼっとう》していくうちに、すぐ忘れてしまいます。

「結構結構。うん、全然オッケーですよ。……うぇんでふ〜♪」

読子さん、同じ場所を鼻ずさむのは、ここしか知らないからでした。


そして次の日、読子さんは思いっきり風邪《かぜ》をひいて死んでしまいました。


「いやぁ〜〜〜〜〜〜、死ぬかと思いました」

風邪から楽勝で生還し、顎《あご》の下を手の甲でさする読子さんです。

独身で友達もあまりいなくて限りなく無職に近い彼女、本当に〝そんな事態〟になったらいつ発見されるのでしょうか。誰……は多分、ねねねさんでしょうが、いつ……は未確定なところです。できれば女性キャラとしては、腐敗が始まる前に発見していただきたい。あまり人ごととは思えない問題ですな。皆様はどうでしょうか。

「やっぱり、温度は必要ですね〜〜〜。うむうむ」

一人つぶやく読子さん、その灰色の脳細胞がフル回転して、ステキなアイディアをひねり出したようです。

「おおっ……！」

　ポン、と手をうち、部屋の本をひっくり返し始めました。病《や》み上がりとは思えない、加えて普段の彼女からは考えられないアクティブな行動です。

　しかしこれは、特に妙な話ではありません。こと本に関する限り、読子さんは無尽蔵《むじんぞう》にエネルギーを排出していくのです。なにか発電とかに使えないものでしょうか、と思わず考えてしまう深夜三時です。

「おほほほほ……」

　空腹と風邪《かぜ》明けで、頭がやけにハイになっている読子さん。小一《こ》時間を費《つい》やして、部屋の中央に変なオブジェを作りあげました。

「人生～、カマクラ～♪　男も～、カマクラ～♪」

　テキトーな歌詞をテキトーに歌いながら、彼女が作ったのはカマクラです。もちろん、雪ではなく本で作ったものです。サラリと書いてしまいましたが、本をドーム状に組みたてるのは、かなりの技術が必要です。というのも、本はそれぞれ形状が微妙に異なる物体で、しかも積んでいくと重心がどんどんズレていくのです。

　一人用の小さなものとはいえ、読子さんがそれを作ることができたのは、紙使いの能力の一つなのかもしれません。地味ですが。

「おお〜〜〜〜……温《ぬく》いですぅ〜〜〜〜〜……」

読子さん、のそのそとその中に身体《からだ》を滑り込ませました。

首だけポッンと外に出したその姿は、カマクラというよりまるで亀さん。メガネ亀、と呼んでもいいでしょう。中に入っている、というよりは本の甲羅《こうら》を着ているみたいです。

温いのも、多分運動のせいだと思われますが、本人が幸福そうなので指摘は控えましょう。

冬場、人がコタツに入るとすべての悩みを忘れるように、読子さんにとって本のカマクラは絶対なのです。

「あぁ〜〜〜〜……ずっとこのままで、いたいですねぇ〜〜〜〜〜……」

これなら風邪も引かないし、暖房いらずの万々歳《ばんばんざい》、と至福の読子さんでしたが、わずか数十分後に彼女は、自然の摂理《せつり》的な欲求のために、そこからの旅立ちを余儀《よぎ》なくされたのでした。


そんなこんなで、清く貧しく美しくなく窮乏生活を続けている読子さん。

一応社会人らしく、誰にも迷惑はかけませんが、なんの生産性も展望もないのもまた事実。

そもそもいつ、この生活を変えるような入金のあてがあるのでしょうか。

「レットイットビー、ケセラセラ……そのうちなんとかなるだろう、です〜……」

うわ、ダメ人間。とても教壇《きょうだん》に立つ人間とは思えませんですね。

これだけ追いつめられているのに、読子さんには「本を売ってお金を作る」という発想はありません。それができるくらいなら、最初からこんな事態にはならないのです。

さて、そんな天然系ダメ人間科愛書狂《ビブリオマニア》、読子さんの日常を一変させたのは、一個の宅配便でした。

「すいませぇーん、ドラドラ仔猫《こねこ》宅配便ですがぁー」

「はえ?」

サワヤカなお兄さんのサワヤカ声が、プレハブの向こうから聞こえました。よくこのプレハブまでたどり着いたものです。なにしろ下の階は、倉庫というか廃墟《はいきょ》同然なのですから。

「お荷物、届けに参りました。えーと……大英図書館特殊工作部様、からですね」

宅配便の住所に〝特殊工作部〟と書くのもどうなんだろう、と思いましたが、お兄さんは特に気にした様子もありませんでした。

きっと、毎日もっと怪しいモノを配達しているからなのでしょう。

サインをして、ヘロリと受け取ったその荷物は、五〇センチ四方の段ボール箱です。

「まさか、爆弾とかじゃないですよねぇ……。本か、食べ物だったら嬉《うれ》しいな」

それなりの重さを頼もしく、同時に怪しく思いながら、読子さんは荷物を揺すります。爆弾だったらかなりヤバい行動と言えますが。

「……ま、爆弾だったら配達の途中で爆発してるでしょう」

コワいコトをさらりと口にするのは、曲がりなりにもエージェント、といえますね。焼け石に水の感も否《いな》めませんが。

「なにが出るかな〜、なにが出るかな〜♪」

読子さん、もう何年も前に観たテレビ番組で聞き覚えたメロディーを口ずさみながら、べリべリと箱を開けました。

「………………………………おや?」

その顔が、失望と落胆《らくたん》色に染まっていきます。中に入っていたのは、小型のテレビでした。ご丁寧《ていねい》にも、英国的な飾りが施《ほどこ》された高級品です。画面の大きさは一〇インチ程度でしょうか。ただ観るだけなら、手頃な大きさです。

「……テレビぃ?」

しかし読子さんの顔は、相変わらず低気圧です。読書三昧《ざんまい》、活字中毒の日々を送る読子さんにとって、テレビは興味の対象外です。スペースシャトルと同じぐらい、生活に無関係なものといえます。

「……ジョーカーさんからだ……なんだろ……？」

同封されていたカードには、ただ一言「ジョーカーより」と書いてあります。

読子さん、とりあえず箱から出して、点けてみることにしました。

どういう仕組みになっているのかはわかりませんが、電源を繋《つな》ぎ、スイッチを入れただけで、画面に映像が現れました。見慣れた特殊工作部のロゴが、くるくると回ります。

『……おはよう、読子。いや、ザ・ペーパー』

英国的に、あまりに英国的にジョーカーさんが画面に登場しました。おそらく場所は特殊工作部の撮影スタジオ。あいかわらずスキのない紳士っぷりで、髪を撫《な》でつけてます。

「いや、もうお昼ですが……」

『……情報は得ています。今、あなたは生活苦のまっただ中でしょう』

録画らしい画像が、読子の抗議をアッサリ無視しました。まあ、これが双方向の生通信だとしても、対応は変わらないと思われます。

『あなたのコトだ、本の購読予算は残していても、他の生活費を削《けず》りに削って、到底人として認め難い生活を送っているのでしょう』

隠しカメラでも仕掛けているのでは？　と疑いたくなる洞察力《どうさつりょく》です。読子さんのライフスタイルがシンプルすぎるのかもしれませんが。

「いやぁ、すみません……」

なぜか照れて、頭に手をやる読子さんです。

『……とりあえず、体力を確保してください。箱の中に、非常食を同封しています』

「えぇっ！」

叫ぶなり、箱に向き直る読子さんです。

確かにテレビを取り出した奥に、なにか厚みのある封筒のようなモノが見えます。

「…………非常食……？」


「……いや、いいんですけどね。美味《おい》しいし」

読子さん、封筒の中に入っていたロリポップを舐《な》めながら、画面のジョーカーさんを見つめます。ジットリとした眼差《まなざ》しで。ロリポップ、いわゆるペロペロキャンディーというヤツです。確かに甘く、お子様のオヤツの人気者ですが、二五歳の独身女性に与えると、また違った趣《おもむき》が感じられます。感じてしまいます。

『……よく似合いますよ』

「……見えてないくせに……」

英国人は概《がい》してひねくれたユーモアを好みますが、ジョーカーさんの行動は単に性格が悪いだけなのでは？　とは、特殊工作部の隠れた噂《うわさ》です。

『……さて、糖分《とうぶん》を摂取《せっしゅ》して、少しは頭の働きも活性化したでしょう』

「ええ、まあ……」

四捨五入すればもう三〇代、という読子さんですが、ベッドの上に正座してキャンディーを舐めている様は、二十歳《はたち》にも見えません。ある意味貴重な生き物です。

『そんなアナタに、新しい任務を用意しました。……あなたにしかできない任務です。受けていただけますね？』

「ひょれはふぁー、やらへていふぁだきまふが……」

ペロペロに飽《あ》きた読子さん、ちょっと丸ごと口に突っ込んでみました。おかげで返答が聞き取りにくいことこのうえナシです。

『……結構。どのみち選択の余地もないでしょうしね』

断ることを想定してないジョーカーさんです。

『今回は、あなたに潜入捜査をお願いしたい』

「潜入捜査？」

エージェントっぽい響きの任務ですが、読子さん、それが悲しいほど自分に向いていない、という事実にも気づいております。

『……とある学校に潜入し、そこにあるという大英図書館の蔵書を発見、奪回してきてほしいのです』

ああ、なるほど。と読子さんは頷《うなず》きました。

そういう捜査なら、読子さんも経験が無いワケではありません。なにしろ前述したように、彼女には〝女教師〟という顔もあるのですから。

……世の男性の女教師像からは、ややストライクゾーンが外れていますが。

「わかりました。まかせてください」

キャンディー片手ににっこり微笑《ほほえ》む読子さん。緊張感のカケラもありません。

『……おって説明しますが、そこは少々風変わりな学校です。だからこそ、あなたなら溶《と》け込めると思いますが』

「はぁ……」

褒《ほ》められてるのかバカにされてるのか理解する前に、ジョーカーさんの言葉が続きます。

『おそらく気がついてないと思いますが、そのための備品も用意しています。もう一度、箱の底を見てみなさい』

「えっ？」

箱の底に、まだなにかあったのでしょうか。読子さん、キャンディーを口にくわえたまま、再度その中をのぞき込みました。

なるほど、底の底、緩衝材《かんしょうざい》に挟《はさ》まれて、まだ薄い箱がありました。目的の物以外への注意力が散漫になるのは、読子さんの悪いクセです。

読子さん、もったらのったらと箱を取り出し、おもむろにそれを開きます。

「……………………あれぇ？」

中から出てきたモノを手に取って、読子さんはポカンと口を開き、キャンディーを落としてしまったのでした。


「……で、なんであたしんチに来たワケ？」

午後イチで、メガネ人から突然の来襲を受け、ちょっと困惑しているのは菫川《すみれがわ》ねねね先生です。先日、高校を休学して、本格的に作家活動に専念しようとしているのですが、出版社は未だに「女子高生作家」の肩書きを使いたがるので、ＪＡＲＯに訴えられるんじゃないかとプチ悩んでいるこの頃です。

「ええ、それが話せば長くて鬱陶《うっとう》しいんですが……」

ここはねねね先生のマンション。一人暮らしには広すぎる、高級マンションです。

「長いのも鬱陶しいのもお断りだ。アタシは昨日締切をあげて、明日からまた仕事地獄に突入する予定なの。つまり、今日は貴重な貴重なオフの日。わかりる？」

「わかりらます」

八歳も年下のねねね先生に、素直に領《うなず》く読子さんです。

「……で、なにかご予定があったのですか？」

「あんたんチに行って、ストレスを発散しようかと思ってた」

〝作家界の剛田武《ごうだたけし》〟と呼ばれる所以《ゆえん》がここにあります。天上天下《てんじょうてんげ》ねねね独尊《どくそん》、と自ら言い放つ彼女にとって、他人の都合というものは存在しないのです。

「……じゃあ、ちょうどいいじゃないですかぁ。相談にのってくださいよう」

先天性いじめられっ子階級に属する読子さんは、自分の置かれた不条理な立場にも気づかず、なぜか下手に出てます。

「ふん。まあ、交通費が浮いたわ。よかろう。話してみ」

ねねね先生に促されて、読子さんは「最近の読子」をかいつまんで話しました。それを聞いていた先生の顔は、みるみる呆《あき》れていくのです。

「……ちょっと顔を出さなけりゃ、そんなコトに……。やっぱりアンタは、あたしがいないとダメ田ダメ子ちゃんね」

ちなみにねねねの家までの交通費は、専用の口座に振り込まれていた大英図書館《だいえい》からの支度《したく》金《きん》で払いました。一応食事もすませて、読子さんはかなり普段のコンディションに戻っています。……どこか心配げな態度を除いては。

「ふん。でも、ウチの学校に来た時と似たようなモンじゃない。慣れてんじゃないの？」

読子さん、ねねね先生と知り合うきっかけになった時も、非常勤教師として彼女の学校に潜入してきたのです。半分以上が趣味で、でしたが。

「いや、実は……」

スーツケースを開け、荷物を取り出す読子さんです。その荷物とはつまり、ジョーカーさんが送ってきたものなのですが。

両手に広げられたそれを見て、ねねね先生は眉《まゆ》をしかめました。

「…………セーラー服ぅ？」

そう、それは正真正銘《しょうしんしょうめい》、青春のシンボル、甘酸《あまず》っぱいメモリーの増幅《ぞうふく》装置、人類の基本、女子用のセーラー服なのでした。

「なんでぇ？」

「……ジョーカーさん、その学校に……生徒として、潜入しろって……」

思わずもぢもぢしながら、読子さんが身をくねらせます。

「そこ、私立の女子校らしいんですけど……教師が、理事長の親族で固められてるらしくて……先生で入り込むのは、難しいし、疑われるからって……」

ねねね先生は、啞然《あぜん》とした顔でセーラー服と読子を見比べています。

「だから、生徒になりすませって……。でも、どうなんでしょう？　私、今さら女子高生として通用するのでしょうか？　かえって怪しいんじゃ……？」

「……………着てみれ……」

長い沈黙の後に、ぽつりとつぶやくねねね先生です。

「はぁ？」

「いいからっ！　まず着てみれっ！」

「はっ、はいっ！」

先生の目に、妙な輝きを感じ取り、読子さんはつい反射的に答えてしまいました。


「うお〰〰〰〰…………」

雄叫《おたけ》びではありません。ため息です。

ちなみにそれをついたのは、読子さん本人です。ねねね先生は笑いを嚙《か》み殺すような、なにか珍しいものでも見るような、好奇の視線を向けてきます。

「こっ、これは……どんなモノなんでしょうかぁ……」

百聞《ひゃくぶん》は一見《いっけん》にしかず。

セーラー服の読子さんは、実に微妙な雰囲気《ふんいき》なのでした。

確かに、童顔《どうがん》とはいえ二五歳の貫禄《かんろく》は隠せません。

無駄《むだ》に発育した体型も、制服の持つ爽快感《そうかい》をうち消しています。

しかしだからといって、すべてが〝ナシ〟かと聞かれれば、即答もできないのです。

「むうぅ……委員長系？」

その雰囲気を的確に言い当てる、さすがはねねね先生です。

そうなのです。メガネに地味な顔だちにストレートの黒髪、さらに（小道具として）持たされた文庫本が、どことなく「僕の考えた図書委員」にニアミスしているのです。

どの学校でも学年に何人かは、歳不相応《としふそうおう》に老けた外観を持つ生徒はいますし（その大半がオッサンと呼ばれてたりしますな）、そういう要因を考慮《こうりょ》していけば、読子さんのセーラー服は意外に〝アリ〟とジャンル分けされるのかもしれません。

「なんか、自分でも腑《ふ》に落ちないものがあるが……案外、イケるのかもしれん」

「そ、そうでしょうか？」

少し明るくなる読子さん。

「いい気になるなよ、二五歳。本物の女子高校生を甘く見たら、辛《から》い目にあうぜっ」

「はぁ……しかし先生も、厳密にはもう女子高生ではないのでは?」

「確かにそうだが、あんたに言われるとムカつくな」

なにがどう、変わったわけではありませんが。社会的な肩書きが無くなり、まだ日の浅い身としては、少しだけデリケートになってしまうのです。

「いいえ、お気に障《さわ》ったら謝りますが……。実は先生にご協力していただきたいのは、ここからなんです」

「なんだよ」

読子さん、ちょこんと正座して続けます。

「恥ずかしながら私、世間の流行とかにうといトコロがあって……」

「知っとるわい。冷凍睡眠《すいみん》から目覚めたソードキルでも、あんたよりカラオケのレパートリーは多いでしょうよ」

わかりにくい喩《たと》えですが、読子さんはにへら、と笑います。

「ですよねぇ。私、フルコーラスで歌えるのって、ビートルズの『ペーパーバック・ライター』しかありませんし」

妙なトコロでイギリスっぽい読子さんですが、同曲の歌詞カードを読めば皆様、なるほどと頷《うなず》けることでしょう。

「で、ですね。正直、今の女子高生さんがなにを考えているのか、どういう風に喋《しゃべ》るのか、なにをしているのか、どこが弱点なのか全っ然、知らないんですよ」

「よくそれで、非常勤教師なんてやってられるな……」

「だって、教師は授業をしてればいいですから」

「生徒が相談に来たりしないのかっ。進路についてとか、恋の悩みとかっ」

「最初の一、二日とかは来たりもしますが……みんな、すぐにナニかあきらめたような顔になって、寄ってこなくなるんですよねぇ」

さもありなん、という気もします。

「とにかく。生徒として潜入するからには、話が別なんです。正体がバレないよう、自然にみんなとうち解けなくちゃ。……だから先生。私に、イマドキの女子高生の生息パターンを教えてもらえませんか？」

イマドキ、という言葉自体がもうどうか、と思いますが。

しかしそれでもねねね先生、読子さんのお願いを聞いてキラーン、と目を光らせました。

「ほほう……女子高生の極意《ごくい》を聞きたいと？　この私に？」

ねねね先生、曲がりなりにも流行作家。ナウなヤングのハートをキャッチ、という自負があります。

「はいっ！　私の知り合いは先生しか……ではなくて、私の知り合いの中で女子高生の極意を摑《つか》んでいるのは先生しかいません。どうか、お願いします！」

　ふふん、と鼻息を漏《も》らし、やおら仁王立《におうだ》ちになるねねね先生です。

「修行は厳しいぞ！」

「いえ、修行じゃなくて簡単なレクチャーで結構なんですが」

「厳しいぞ！」

「は、はいっ！」

　つい押し切られてしまいます。ねねね先生、いい退屈しのぎだと思ったに違いありません。

「よっしゃ！　今から私がアンタの性根《しょうね》に、女子高生魂《だましい》を叩き込んでやる！」

「よ、夜露死苦《よろしく》……」

　なぜ用意していたのでしょう、ねねね先生はいきなりハリセンで読子さんをはたきます。

「古ーいっ！　イマの女子高生はンナこと、言わんっ！」

「ぼわぁ！　…………で、でも確か、メールとかでこういうの、使いません？」

「メールとヤンキーのステッカーを一緒に、すなっ！」

「あのう、先生……それって、北京《ペキン》原人か、なにかですか？」

読子さん、おそるおそるといった感でホワイトボードに描かれた絵を指さします。

「スタイル・カウンシルと書いてスタカーン！」

ねねね先生は、またもハリセンを振るって読子さんにオシオキです。

「あひーっ」

叩かれた方向と逆に頭を振る読子さん。あるいはこれも、コミュニケーションの一つなのでしょうか。

それはともかくとして、ねねね先生が「資料で買った」というホワイトボードには、黒くて怖くて異形《いぎょう》な人間モドキが描かれています。

既に地面に引きずられている巨大ルーズソックス、ブロンドの髪に、真っ黒に塗られた顔面。目の周りだけ全盛期《ぜんせいき》の遠藤《えんどう》みちろうのようにフチ取りがされています。右腕には「ドメスティック浮かれモード」のタトゥー、左腕には有刺鉄線《ゆうしてっせん》。頬《ほお》には涙の形にシールが貼られ、唇は上半分ピンク、下半分が緑、という悪夢のツートンカラー。

脇の「鳴き声」リストには、「チョベリバー」「マジムカつくー」「系ー」「ありえなー」「メッシーアッシー」「どうでしょう」「アジャパー」と、時空を超越した言語が羅列《られつ》され、端にはなぜか足跡も描かれているのです。

そして見出しは血文字書体で『実録！　これが女子高生だ！』。

軽い悪夢にも似たイラストですが、ねねね先生は胸を張ります。

「北京原人に謝罪しなさい！　これが現代社会が産み落とした悲劇、女子高生の真の姿！」

「えええっ……⁉」

断言するねねね先生に、思わず読子さんの声もうわずります。

「だってこれ……人間じゃない、じゃないですか」

「女子高生は、人間じゃないのよ！」

なんの迷いもない断言が、室温を一度上げました。

「女子高生、それは若さと欲望が一体化して、青春という化学反応を起こした異形《いぎょう》の生命体！人の言うことは聞かず、自分の理論は棚《たな》に上げ、都会の闇とトモダチのウチを疾走《しっそう》する夜行性動物！　コギャル！　マゴギャル！　汚《お》ギャル！　ＯＨ！　ギャル！　ジュリー！　と様々な進化を遂《と》げる、ダーウィン泣かせのニュータイプ！　価値観は金、男、ケータイ、本当の自分！　ちょっとやそっとじゃ理解できない、近寄れない、ノーフューチャーのアナーキスト、インジャパーン！」

伸びるボールペンでホワイトボードを叩きながら、熱弁を振るうねねね先生です。

読子さん、正直言葉の半分も理解できませんが、頷《うなず》くしかありません。

「ティーンエイジャーを特権に、マーケティングの核を独り占めにし！　有名人をしゃぶって

は捨て、ちぎっては舐《な》め！　ブレーキの壊れたダンプカーのごとくマクドで居座り、コンビニの前で座り込む！　戦後の飽食《ほうしょく》日本が到達した集団モンスターが彼女たち、じょし、こう、せいっ、なのよーっ！」

「それはちょっと、大げさなのでは……」

大げさというか、事実が歪曲《わいきょく》されています。ていうか、ねねね先生自身がついこの前までその女子高生本人だったはずなのですが。

「それはそれ！　これはこれ！　私は私！　角田《かどた》は角田！」

「誰ですか、角田って」

はぁはぁと息をつくねねね先生。イラストを描いてるうちに、盛り上がってしまったのかもしれません。個人作業の多い作家には、よくあるハイテンションです。

「誰でもいいだろう！　今の君に必要なのは、この女子高生を理解し、掌握《しょうあく》し、なりきるコトじゃないのかネ!?」

意味なくハカセロ調になり、読子さんの肩をガッシリと摑《つか》みます。逃げられないように。

「……いや、私がなりたいのはこういうんじゃなくて……だいたいこの人、セーラー服も着てないじゃないですか！」

根本的な間違いを指摘されたねねね先生ですが、

「あんなモノは嘘《うそ》。男の願望が生んだ、ダメザイオンのコスチュームよ。きっと男性向けエロース雑誌を参考にしたに違いないわ」

今頃ジョーカーさん、クシャミしてるんだろうなぁ……。

いやしかし、セーラー服は潜入する学校の指定制服なのです。ねねねのイラスト通りなカッコで門をくぐったら、下駄箱《げたばこ》にたどり着く前に強制送還されるでしょう。

「だから。私が叩き込むのは〝魂〟ったろが！　外観なんかは後からついてくるモンなのよっ！」

「じゃあ、イラストの意味無いじゃないですかっ」

「なんだとうっ！　人がせっかくオモシロがってやってるのに！」

「オモシロがらなくていいんです。正確な情報を教えてくださぁい！」

「私は見たのよっ！　確かにこんなのが、渋谷《しぶや》の裏山とか新宿《しんじゅく》の夜とかに闊歩《かっぽ》してるのを！

あれは本当に女子高生だったわ！」

「UMAや宇宙人じゃないんですけど……」

「セーラー服の清純女子高生なんて、今どきUMAやレッドデータ・アニマルと同じだわっ！

そんなの、もうギャルゲーのデータ上にしか存在しないってばよっ！」

「ああ、ミもフタもない……」

だいたい、ねねね先生にしても学校ではほとんど友人もできなくて孤立していたのですから。一般的な女子高生像を求めるのが、無理な話だったのですが。

読子さんは、体《てい》よくヒマつぶしにされていることを感じつつ、でもそのコトをなぜかちょっと嬉《うれ》しく思いつつ、ねねね先生の主張を聞くのでした。

次の日の、朝まで。

第二章　『ブックス・パラダイス』

某《ぼう》県某市の某駅。

森の中に、まるで廃墟《はいきょ》のように佇《たたず》んでいる、というよりは置き忘れられている、といった風《ふ》情《ぜい》の無人駅です。ここに作った意味があるのか、と疑われてもしょうがないほどの、人気《ひとけ》の無い駅です。

今そこに、冗談のように列車が入ってきました。アナウンスもないままに、一人の女を降ろして、そのまま旅立ちます。

女はしばらく、マシューを探すアン・シャーリーのごとく駅のホームを見渡していましたが、やがて駅舎をくぐって外に出てきました。

もちろん、読子《よみこ》さんです。

しかも、セーラー服姿です。

そして、いつものスーツケースをカラコロと引っ張っています。

「本当に、ここでいいんでしょうかぁ～～～～～………」

ある意味メルヘンといえる光景かもしれません。

それはそれとして読子さん、特殊工作部の使命を受け、〝私立サン・ジョルディ学園〟からの入学手引き書にのっとって、こんな山奥まで来てしまいました。今さら後にはひけません。ていうか、もう一人では帰れません。

とはいうものの、駅の前には小さな道があるだけです。行動の選択肢《し》すら奪われてしまった読子さん、どうすればいいのでしょうか。

「……こういう時は、慌《あわ》てず騒がず。先人の教えに従いましょう」

ケースの上に腰をおろし、文庫本を開きました。ねねね先生の、『君が僕を知ってる』です。もう何度読み返したかわかりませんが、それでもページをめくる手は止まりません。

読子さん、「果報《かほう》は寝て待て」「慌《あわ》てない慌てない、ひとやすみひとやすみ」という先人の教えを都合よく解釈し、どうやら読書の態勢に入った模様です。

どのくらい読み進んだことでしょう、読子さん、いつものように泣き所をつかれてぐしぐしと涙と鼻水を流し始めました。

まったく、こんな感動的な物語が、あのナチュラル・ボーン・いじめっこの菫川《すみれがわ》ねねね先生から出てくるとは、神様もずいぶんヒネクレているというものです。

「ううっ、この感動は、何度先生本人にいじめられても、色あせないですね……」

読子さん、うんうんと頷《うなず》きました。旅のお供に持ってく本にどれを選ぶかは、愛書狂《ビブリオマニア》にとって重要な問題ですが、そういう意味では、やはりねねね先生の存在は大きいようです。

貴重な水分と塩分をたれ流しにしていると、道の向こうから、一台の車がやって来ました。

なんと黒のリムジンです。

「…………おやぁ？」

そのリムジン、ようやく顔を上げた読子さんの前に横付けました。

軽い土煙をあげて停まった後、運転席から一人の男性が降りてきます。結構いい歳《とし》のご老人ですが、姿勢や歩き方にはどこかスジの通ったものがあります。

「……読子・リードマンさんですかな？」

不意をつかれた読子さん、それでも咄嗟《とっさ》に「自分は女子高生である」という設定を思いだし、女子高生言葉で返します。

「ちょ……超読子なんですけどー。そっち系迎え系？　みたいなー……」

地獄のような沈黙を道連れに、リムジンは森の中を進みます。

ようやく口を開いたのは、運転手さんのほうでした。

「……わがサン・ジョルディ学園は、戦前からの伝統がございます」

「はぁ……」

「……清く、正しく、つつましく……健全にして賢母《けんぼ》たる女性を育成するべく、社会の害毒から隔離《かくり》した学生生活を送っていただこうと！　こんな山中に、ひっそりと校舎を建造したのです」

「ご苦労様です……」

「……こう申しては語弊《ごへい》があるかもしれませんが、実はあなたのような中途入学者は、できる限りお断りしているのです。我が校の、静謐《せいひつ》な空気を、かき乱す恐れがあります故《ゆえ》！」

その言葉を発すると同時に、運転手さんはハンドルを切りました。慣性《かんせい》で、後部座席で小さくなっていた読子さんが

「あ〰〰〰へ〰〰〰〰」

と脱力する悲鳴を残して、ひっくり返ります。リムジンを急停車させた運転手さん、平然と道の前方を見つめてつぶやきました。

「…………タヌキです…………」

はたしてその前を、親子連れのタヌキがえっちらおっちらと横ぎっていくのです。

「……………………はぁ……」

座席からすべり落ち、セーラー服も乱れてしまった読子さん。しかしそれでも反論する気になれません。運転手さんが、慈《いつく》しむような瞳で去りゆくタヌキを見つめているからです。

「タヌキはいい……従順で、愛嬌《あいきょう》があって、義理がたくて……」

一般的なタヌキ像とは、ひと味違ったコメントです。森の中に消える彼らを見送った運転手さんは、その百分の一の優しさもない視線を読子さんに向けました。

「どうか！　どうか！　伝統ある我が校の校風を乱さないように、ご配慮《はいりょ》いただきたい！　そのお身体《からだ》に染みついた世俗《せぞく》の汚辱《おじょく》を自ら浄化するように！　お努めいただきたい！」

「ど、努力します……」

圧倒された読子さんには、頷《うなず》く以外の選択はありません。

どうやらねね先生との予習は完全に裏目に出たようです。読子さん、任務の先行きを思うと気分がどんどん沈んでいくのでした。

「あれが校舎。あれが寮舎《りょうしゃ》です。……あなたの部屋は三〇一号。同室の女子が待っていますから、校内のことなどは彼女から説明を受けるように」

「はぁ、お世話になりました……」

タヌキ騒ぎから数分で、校舎に到着した読子さんです。しかし運転手さんは校門前でリムジンを停車し、読子を降ろして簡単な指示を出しただけでした。自分は駐車場に車をまわす、と言い残して去ってしまいます。

一人取り残されてしまう読子さん。

「……ここが、私立サン・ジョルディ学園かぁ〜……」

コントの出だしのように、場面を口にしてみます。

それは、思ったよりずっと古く、威厳《いげん》のありそうな木造校舎でした。建物は洋風の四階建て、中央には時計台も見える、クラシックな造りです。木製の柔らかい雰囲気《ふんいき》が、周囲の自然とよく似合っています。

運転手さんが力説したように、こういう環境で学べば、それなりに立派な生徒ができあがるのかもしれません。少なくとも、ねねね先生の描いた珍獣よりはずっとマトモに育つでしょう。

「…………おやぁ？」

幾つもの学校を渡り歩いてきた読子さん、ここで、なにか違和感を覚えました。

この学校、グラウンドが極端に狭いのです。大抵《たいてい》の学校にあるのが一周四〇〇メートルのトラックとすれば、その半分もありません。この森の中で、土地不足ということもないでしょうが。

「…………まあ、いいか」

あるいは別の場所に、各種競技専用のフィールドがあるのかもしれません。読子さんは違和感を男らしく無視して、その狭いグラウンドに足を踏み入れました。

校舎の横に、寄り添うようにして建っているのが寮舎《りょうしゃ》です。高さは三階。同じく木造。校舎をお姉さんとするなら、こちらは妹でしょうか。

とにかく、次なる展開はあそこに行かなければ始まらないのです。読子さん、スーツケースをカラコロ引きずって、狭いグラウンドを横断します。

「……あれが、新入り……？」

「なんだか、フケてない？」

「トロそう……どのくらい〝読める〟のかしら？」

「相手になんないって、あんなメガネじゃ」

そんな読子さんを、品定めするような声が聞こえます。発信源は校舎の中、窓ガラスの向こう側。口にしているのは、セーラー服の美少女たちです。

その視線は、学園が目指す健全賢母《けんぜんけんぼ》とは、また違う種の優秀さを秘めています。言うなれば刃物の鋭さ、といったところでしょうか。

私立サン・ジョルディ学園。

竜退治の騎士として有名な人物の名を持つこの学園は、やはりただの学園であるはずもないのでした。

「ごめんくだ、さぁ～い……」

間延びした挨拶《あいさつ》で、寮の廊下《ろうか》に突入する読子さん。

クラシックな外観に伴《ともな》った、古い板張りの廊下ですが、それでも掃除《そうじ》は隅々まで行き届いています。

読子さん、ケースを小脇に抱えて指定された部屋を探します。

「え～っと、三〇一、三〇一……」

階段を上っていると、「階段では本を読まない」と書かれた貼り紙を見つけました。読子さん、思わず立ち止まってしまいます。誰か、事故でも起こしたのでしょうか。

三階に到着し、一番手前の部屋を見ます。間違いなく〝三〇一〟と書かれています。ノックしようとした瞬間、部屋の中から先に、声が聞こえました。

「開いてますよ」

二段ベッドに机の、シンプルな構成のお部屋です。窓はやや小さめですが、この部屋には、太陽光線をあまり入れてはいけない理由があるのです。その理由とは、壁一面の本棚《ほんだな》と、そこにぎっしり詰め込まれた本。日光による日焼けは、大敵なのです。そしてさらに、床にも本の山が高く高く積み上げられています。

読子さんは、この部屋を見て激しい既視感《デジャヴ》に襲われました。あまりにも、自分の部屋に似ているのです。

レイアウトや細部などはもちろん違いますが、かもし出す雰囲気《ふんいき》は同じです。本が好きで好きで、どうしようもない人間の部屋なのです。

居住スペースより蔵書を選び、オシャレ感やカッコよさに背を向け、ひたすら本の収納性だけを重視した部屋づくり。

コンマ一秒で読子さんはこの部屋に馴染《なじ》み、直感しました。この部屋の人は、自分と同じ種類の人間だ、と。

はたして、その部屋のまん中には、一人の女の子が立っています。

セーラー服に身を包んだ、おかっぱ頭の美少女、いや、ザ・美少女です。とても高校生には見えない童顔で、一見するとまるで中学生。背は読子さんの鼻ぐらいまで、ねねね先生と同じぐらいでしょうか。体型はほっそりとスマートで、一昔前の青春映画に出てきそうな、スタンダード・ビューティーです。まさに羽音《うおん》さんの腕の見せ所。

「こんにちは、読子・リードマンさん」

その美少女が、にっこりと笑いました。部屋が、ぱあっと明るくなったような気さえします。読子さん、ねねね先生にはない清純さが、眩《まぶ》しく輝きます。

思わず「君に、胸キュン」の読子さんです。

「私、ルームメイトになる書泉《かくいずみ》です。よろしくお願いします」

もう握手の手もちっさいちっさい。ほにゃり、と柔らかい感触が、お好きな人にはたまらないかと。

ダラダラしてたり男らしかったり血なまぐさかったり強すぎたりする『R.O.D』の女性キャラで、一〇巻目にしてやっと出てきた新機軸《しんきじく》といえるでしょう。我ながらなにをとち狂って、という脳内ツッコミも忘れませんが。

「こ、こちらこそ、よろしくお願いします……」

なんの緊張だかわかりませんが、声がうわずってしまう読子さん。

「……あなたが〝読む〟で、私が〝書く〟。二人あわせると〝読書〟ですね」

泉ちゃん（あえてちゃん付けで書かせてもらいますが）、なにかイイコトを発見したように笑います。特にウマくもないのですが、この笑顔がそんな疑問は帳消しです。

「書さん……」

読子さんは、彼女をつい黄門様《こうもん》のオプションキャラのように呼んでしまいました。まあ、仕方がないのですが。

「泉って呼んでください。私も、読子さんって呼びたいし」

「泉……さんは、本が好きなんですか？」

部屋を見れば一目瞭然《いちもくりょうぜん》の事実ですが、その問いを待っていたように、泉ちゃんは大きく頷《うなず》きました。

「はいっ！　大好きですっ！」

声が一レベル大きくなりました。たいへんいいお返事です。

「私もです！　本って、素晴らしいですよね！」

「はいっ！　この世で一番ステキな、宝物だと思います！」

「そのとおりです！　人類が作り出した、最高の芸術品ですね！」

「宇宙でもナンバー1の、奇跡の創造物です！」

「時を超え、空間を超え、人と人の世に語り継がれる、永遠不滅の逸品《いっぴん》です！」

「読子さん！」

「泉さん！」

盛り上がりに盛り上がりを重ねる、感情のミックスアップで、二人はあっという間にうち解けあい、互いの手を強く握ったのです。

無理もないのかもしれません。読子さんにとって、ねねね先生は大切な人ではあるけれど、愛書狂《ビブリオマニア》ではないのです。本を買い、集め、読み、愛するという感情を共有できる愛書狂という存在は、読子さんにとってまた別種のパートナーなのでした。

「会って二分で言うのもアレですが、私、あなたには奇妙な友情を感じます！」

「私もです、読子さん！」

そのまま踊ったらどうでしょう、と相手を見つめる二人です。

「……泉さん……」

「読子さん……」

その視線にナニヤラ妙な熱がこもってきた時。

泉ちゃんは、スカートのポケットから一枚の紙を取り出し、読子の額《ひたい》に貼りつけました。

「はいっ？」

それは、小さくて細長い紙です。色は薄目の青。いわゆるひとつの〝付箋《ふせん》〟というヤツです。メモなどを書いてあちこちにペタペタ貼りつける、アレですよ。

「……なんですか、これ？」

読子さん、戦後最大の寄り目顔になって、自分の額から垂れる紙を見つめます。すると泉ちゃんは、付箋の青とは対照的に、顔を赤くしました。

「ごっ、ごめんなさいっ……！　私……感情が高ぶると、コレを貼っちゃう癖《くせ》があるんです……！」

コレ、と差し出されたのはもちろん、付箋の一束でした。

「はぁ……」

イマイチ理解できない読子さん、改めて周囲を見回してみると、確かに本のページにはもちろん棚《たな》の一部や机からも、付箋が顔を覗《のぞ》かせているのです。

「理由は自分でもわからなくて……会うなり、こんな失礼なことを……」

俯《うつむ》き、今にも泣き出しそうな顔になる泉ちゃん。原因がなんであろうと、美少女にこんな顔をさせるのは罪です。有罪です。ギルティーです。

しかしさすがは読子さん、彼女の肩にポン、と優しく手を置きました。

「気にすることはないですよ。……誰にでも、妙なクセはありますし」

「読子さん……」

泉ちゃんの潤んだ瞳に、読子さんはいつもの〝にへらスマイル〟で応えます。

「付箋を持ち歩く女の子、って可愛《かわい》いじゃないですか。……それに、ここだけの話ですが、私は本も、紙も大好きなんです」

こうして読子さんは、ルームメイトの泉ちゃんとお友達になったのでした。感動的なシーンですね。

額に付箋をつけたまま、でなければ。


寮室に荷物を置いた読子さんは、泉ちゃんの案内で校舎へと向かいました。

まず訪れたのは、職員室です。

もう授業が始まっているので、先生の数はキモチ少なめでした。

「失礼しまーす」

これ以上ナシ、という優等生声で入室する泉ちゃんに、

「すみません~~~~~……………」

とダメ人間発声法を忠実に守った読子さんが続きます。

「ああ、書か。ご苦労」

先生の一人が顔をあげます。それを見て、読子さんはあれ？ と首をかしげました。

その顔は、自分をここまで運んできた運転手さんとクリソツだったのです。コピー&ペーストしたよりも、同じだったのです。ていうか、本人？

「芳賀《はが》先生、こちらが転入生の読子・リードマンさんです」

泉ちゃんの紹介に、〝芳賀先生〟が眉《まゆ》をしかめます。

「あの〜〜、さっきはお世話になりました〜〜〜……」

頭をかく読子さんですが、芳賀先生は眉をしかめたままです。

「さっき？　なんのコトだ？」

「へっ？　いや、あの、駅からリムジンで連れてきてもらって……」

「送迎は、用務員の芳賀さんがやるコトだ。俺は知らん」

「え？　どういう……」

読子さんの問いが終わる前に、職員室に残っていた先生たちが顔を上げました。

「現国《げんこく》の芳賀先生、お電話です」

「物理の芳賀先生、ここの採点のことでちょっと……」

「英語の芳賀先生、昨日の三〇〇〇円、早く返してください」

「芳賀教頭《きょうとう》は、どちらですか？」

その光景を見て、驚いたのは読子さんです。職員室にいた〝芳賀先生〟は、みんな同じ顔をしていたのでした。

「…………みんな〝芳賀先生〟なんです。教科別に、呼んでますけど」

ショック覚めやらぬままに、職員室を出た読子さん。泉ちゃんの説明を受けながら、廊下《ろうか》を進みます。

「全員、親戚《しんせき》って聞きました。最初はみんな驚くけど、すぐに慣れちゃますよ」

「慣れるもんなんですか？　ああいうのって」

「みんな、先生のコトって、気にしませんから。無関心なんです」

「…………………」

実は教師の読子さんとしては、気になる一言です。

そんなこんなを話しながら、二人は本校舎の、教室が連なるメイン廊下に到着しました。

「こっちが、教室です。読子さんは私と同じ、二年一組ですよ」

その廊下は、読子さんが今まで見た中で最も美しい廊下でした。つまり、延々と続く床の上に、本棚《ほんだな》が設置されてあるのです。

通常、廊下にあるのは備品用の個人ロッカーなどでしょうが、そのような無粋《ぶすい》なモノは、サン・ジョルディ学園には不要なのです。

「本棚……ですよね？」

「はい」

「なんで、廊下にあるんですか?」

読子さんの素朴《そぼく》な問いを、泉ちゃんは嬉《うれ》しく否定しました。

「〝廊下にも〟あるんです」


少しはしたなくはありますが、ガラス越しに覗《のぞ》いた教室内は、また読子さんにとって素晴らしいものでした。

教室の後ろには、キングサイズの本棚が備え付けられ、いっぱいに並べられた本が、生徒たちを温かく見守っています。

生徒たちも、〝教本〟と呼ばれる科目別の本を、静かに読みふけっています。先生は教壇《きょうだん》に座ったまま、昔懐《なつ》かしい鼻チョウチンです。今となっては貴重なワザですが。しかしなるほど、これなら先生がどんな顔をしていようが同じですね。

「教室の本棚だけじゃ、収まらないんです。みんな、本が好きですから……」

「美しい……」

読子さん、いつのまにかガラスに顔をベッタリつけて、ハァハァと息を荒くしています。

泉ちゃんは、そんな読子さんに一枚の紙を差し出しました。学園の、時間割です。

視線を落とした読子さん、メガネの下の目を丸くしました。

音楽、美術が週に一時間ずつ。後はすべて語学と歴史です。数学、物理、化学、体育に至っては皆無《かいむ》です。

徹底的に文化系、それも〃本を読む〃ことに特化された時間割なのです。

「この学校の授業は、本の素晴らしさを知り、奥深さに浸り、秘められた叡智《えいち》に触れることで、人間として成長することを推奨《すいしょう》してるんです。だから、授業は読書読書、また読書。本を読むことが一番重要なんです」

どこか得意げに、泉ちゃんが続けます。

「クラブ活動も、文化系だけ。〃読書クラブ〃、〃愛書同好会〃、〃読みっコチーム〃、〃読読読書団〃、〃ハッピーリーダーズ〃と、読書系のクラブは五つが林立してます。生徒の大半はそのどれかに所属して」

泉ちゃんの顔が、少し曇りました。

「…………勢力争いを……」

「はっ？」

「あ、いえいえっ！　なんでもありませんっ！」

泉ちゃん、慌《あわ》ててしまってつい、読子の胸に付箋《ふせん》を貼ってしまいました。

「……！　ごめんなさいっ！　私ったら、なにやって……！」

読子さん、急な攻撃に戸惑うことすら忘れ気味でした。それよりも、泉ちゃんの言葉のほうが気になっていたのです。

「いえいえ、平気ですよ、こんな胸。……それより、話の続きを……」

黄色の付箋がヒラリ、と床に落ちるのですよ。

「はいっ。えーと……とにかく、ここでは本と読書が生活の中心、というか全てなんです。……読子さんも、慣れるまでは時間がかかるかもしれませんが……」

慣れる？　とんでもない。この学園こそ、自分が本来青春を送るべき場所だったのです。

そんな意味をこめて、読子さんはうへうへと笑いました。少々気色が悪いのは、勘弁《かんべん》していただきたいトコロです。

「泉さん……」

「はい？」

「早く私を、あの中に入れてください。……どうにかなってしまいそうです」

期待と歓喜に、読子さんの肉体はふつふつと震えていたのでした。

とはいっても、説明はまだまだ残っていました。泉ちゃんはその後、読子さんを校内のあちこちに案内しました。

購買部の横には購読部が置かれ、雑誌や新聞や各読書クラブの発行本などが置かれています。図書室は実に、通常の体育館なみの広さがあり、蔵書はそこらの図書館より充実しています。恐るべし、サン・ジョルディ学園。ここは山の中に建てられた、本の要塞《ようさい》だったのです。

ようやく校内案内が終わる頃には、読子さん、もう頬《ほお》も真《ま》っ赤《か》の上機嫌、エキサイト状態です。気のせいか、胸まで少し大きくなったように見えます。

泉ちゃん、元の廊下《ろうか》に戻って夢心地《ゆめごこち》の読子さんの前でヒラヒラと手を振りました。

「読子さん？　読子さん？　大丈夫《だいじょうぶ》ですか？」

その動きが見えているのかいないのか、声が届いているのかいないのか、読子さんの目からハラリと流れるのは、涙です。

「！」

「すンばらしぃ……」

読子さん、流れよわが涙、とばかりに感激の滴《しずく》をダダ漏《も》れにします。

「こんな、地上の楽園があったなんて……。本に生き、本と暮らし、そして本と死ぬ。人と本の美しい関係が、この桃源郷《とうげんきょう》には生きています……」

思わず腕を背に回し、自分で自分を抱きしめます。

「こんな学校で、青春を送りたかった！」

ついつい漏れ出た魂《たましい》の叫びに、泉ちゃんが怪訝《けげん》な顔になるのです。読子さん、しまったと語尾を付け足しました。

「送りたかった！　……んですよ」

かなり苦しい感じですが、泉ちゃんは追及の手を伸ばしません。どうにかゴマかしきった模様です。

「さあ、泉さん。早く私を、みんなに紹介してください。あの読書まみれのホンワカ地獄に、突き落としてください。ぐいっと」

ことさら変な言葉を重ねる読子さん。注意を逸《そ》らそうと必死なんです。

「今日は、案内だけです。授業には明日から、参加してもらいます」

泉ちゃん、苦笑して読子さんを見上げました。その笑顔に疑いのスパイスはありません。純度一〇〇パーセントのスマイルです。

目に見えて肩を落としたのは、読子さん。演技ではありません。

「そうなんですかぁ〜〜〜……」

「今日は、寮生活の心得とか、図書室の利用法とか、そういうことをお教えします。明日からの学園生活が、快適になるように」

背も低く、童顔《どうがん》ですが、この学校では泉ちゃんのほうが先輩です。読子さんは大きく頷《うなず》きました。

「はいっ」

「じゃあ、一旦寮《りょう》に戻りましょう」

「はいはいっ」

無防備に背中を向けた読子さんに、泉ちゃんがそっと近寄りました。

彼女の手は、読子さんの背にそっと、黒色の付箋《ふせん》を貼るのでした。

アメリカ。アナハイム。

ヒルトンホテルでは今、全米最大級のアニメーションイベント、AX二〇〇四が開催《かいさい》されています。ディズニーランドのすぐ近くで、日本のアニメーションのイベントが開催されるというのも興味深い話ではあります。

豪華なゲストのパネルトークあり、メーカーの新作発表あり、コスプレあり、コンサートありの多彩なイベントでございます。

読子さん、ナンシーさんのコスプレも数人見かけました。記念写真も撮りました。

そんなイベントのまっただ中で、ホテルの部屋で原稿を書いてる男がいます。結局間に合わなくて、ノートパソコンごとアメリカにやって来た野郎でございます。

部屋の窓からは、ホテルのプールが見えます。

今そこでは、『デッド オア アライブ　エクストリームビーチバレー』のコスプレ、つまりは水着のお姉さんたちの撮影会をやってます。

行きたくてしょうがありませんが、じっとガマンで仕事です。でもちょっとだけデジカメで撮っちゃったりしました。スゴい遠くて、お姉さんが点みたいです。

自業自得《じごうじとく》でございます。


「読子・リードマンです。よろしくお願いしまーす」

クラスに現れた転入生を見て、二年一組の生徒たちは皆、軽く戸惑いました。

その転入生――読子さんは、一七歳とは思えない、不可思議《ふかしぎ》な空気をかもし出していたからです。

生徒の半分は、その空気がなんなのか見定めようと、彼女を観察しています。

残りの半分は、早々に興味を失って手持ちの本に視線を戻します。

どちらでもない泉ちゃんは、軽い微笑で読子さんが隣の空席に着くのを見守ります。

「書《かく》。なにかと教えてやるんだぞ」

〝現国《げんこく》の〟芳賀先生が、本日の授業用の本を配ります。二〇年ほど前の、文学賞受賞作品です。これを読み切ることが、今日の授業なのです。

「わかりました」

でも……と、泉ちゃんは心の中で続けました。私の手助けなんて、いらないと思います。昨夜わずかに話しただけですが、彼女は読子さんの〝一七歳とは思えない〟読書の技術に圧倒されていたのです。

「配ったか？　よし、じゃあ各自、読み始めろ」

退屈な五〇分を始めるべく、芳賀先生が教壇《きょうだん》に戻ります。

「読み終わった者から成績ポイントを与える。しかし内容のテストがあるからな。きちんと細部まで読み込むことが肝心《かんじん》だ……」

振り向くと、生徒の中に一人、手を挙げている者がいます。

ちょっと寝グセの髪に、黒ブチのメガネ。もちろん、読子さんです。

「なんだ？　質問か？」

「いいえ」

「本が配られなかったか？」

「いいえ。……読み終わっちゃったんで、おかわりもらえますか？」

ざわ……ざわ……、と空気が揺れました。本が配られて、ものの一分も経っていません。それは、教室の端と端では時間差もありますし、スタートのタイムを厳密に指定していたわけではありませんから、フライングも可能でしょう。

しかしそれにしても、限度があります。

芳賀先生も、生徒たちも「冗談だ」と思いました。

「読んだって、全部読んだのか？」

「はい」

「まだ一分も、経ってないぞ」

「そんなこと言われても、読んじゃったんですよう」

読子さん、両の拳《こぶし》を机において、口を尖《とが》らせます。

「なら、質問に答えろ！　本編の中で朔美《さくみ》が見た夢の内容は⁉」

「ティラノサウルスに追いかけられて、カジキマグロと戦う夢です」

正解です。芳賀先生の顔が、青くなりました。

教室のざわ……ざわ……は、どよ……どよ……、に変わりました。

「朔美の恋人と妹と隣の住人の名前は⁉」

「アリサと瞳《ひとみ》とドメスティックスキー、です」

芳賀先生の顔が、今度は赤くなりました。教室のどよ……どよ……も、ウソ……マジ……？

になっています。

教室中の注目を浴びて、読子さんはにへら、と笑います。たった一人、この実力を疑わなかった泉ちゃんは、彼女の本に付箋《ふせん》をペタっ、と貼るのでした。


「謎《なぞ》の転校生現る！」「あなどれない読力、メガネの魔力」「教師泣かせの〝瞬読〟使い」などの噂《うわさ》は、アッという間に広まりましたですよ。

社会と隔絶《かくぜつ》されているとはいえ、何しろ女子高生。ニュースの速度は、光通信を凌《しの》ぐのです。

「一組の転校生、読んだ本を片《かた》っ端《ぱし》から食うんだって」「あたし、あのメガネからビームが出るって聞いた」「あたし、あの胸がミサイルになるって」

しかし内容の真実性においては、某《ぼう》スポーツ新聞か怪しいペンダントの広告なみにいい加減ともいえます。

なにはともかく、読子さんの名前は二時間目を待たずして、一気に全校に広まりました。

二時間目以降も無敵の読みっぷりを発揮《はっき》し、新世紀の伝説とちょっといい話とオモシロエピソードを量産していく読子さんですが、

「いや〰〰〰、青春って本当に素晴らしいものですねぇ」

とユルユル笑うぐらいで、至ってマイペースなのでした。

「読子さん、楽しそうですね」

お昼休み。さっそく図書室の利用規定の限界まで本を借り出した読子さんに、泉ちゃんが笑いかけます。

「いや〜〜〜、それはもう。まさに学園天国って感じですね」

そう言いつつも、読子さんの視線はチラチラと廊下《ろうか》備え付けの本棚《ほんだな》を物色しています。まったく、人間の欲望には限りがないのでしょうか。

「こんな学校なら、ずーっといてもいいいな〜、なんて……」

「…………………」

その言葉を聞き、泉ちゃんが無言で立ち止まりました。

「……泉さん？」

振り返った読子さんを、真剣な眼差《まなざ》しで見つめます。

「読子さん。……今夜、私につきあってくれませんか？」

寮《りょう》の消灯は午後一〇時ですが、残念ながらそれを守っている生徒はほとんどいません。読書はもとより歌にお喋《しゃべ》りにテレビにと、やることは山ほどあるのです。

「それで、どこに行くつもりなんですか？」

三〇一号室で読子さん、本をめくりながら泉ちゃんに訊《たず》ねます。

「近くですよ。でも、制服を着てくださいね」

「どうしてですか？」

「ルールですから」

それ以上は説明してくれない泉ちゃんです。昼間に比べて、ちょっとだけクールに見えるのは気のせいでしょうか。でも、そんな君もステキだよベイベー。

それにしてもルールとはなんのコトなんでしょうか。読子さんは、特に気にするでもなく泉ちゃんにもらったおせんべいをパクついていました。

多分、この時点で読子さん、自分の任務をすっかり忘れているものと思われます。

あ、それと、今入りました情報によりますと、ちり紙を炙《あぶ》って食べたのは、稲垣足穂《いながきたるほ》だそうです。丸宝《まるとみ》編集長からの情報でした。


時計も〇時を回ると、あちこちの部屋から音が聞こえなくなりました。もちろん、睡眠のためです。恐らく、夢の中でもみんな本を読んでいることでしょう。

……関係ありませんが、とある本屋に入って、棚《たな》を見渡したら今まで探していた本とか面白そうな雑誌ばかりで、喜び勇んで持ち帰り、ページを開いてさあ読むぞと思った瞬間に夢から覚める……みたいなコトって、よくありませんか？　私はしょっちゅうあるのですが。

多分おそらくきっとよくあるだろう読子さんも、改めてセーラー服を着込みます。深夜のセーラー服二五歳。深夜のセーラー服二五歳。なんで二回書くんでしょうか。

「あの、ルールって、なんのルールなんでしょうか？」

「〝読勝負《リードファイト》〟です」

「リードファイト？」

聞き慣れない言葉です。読子さんは首をかしげました。

「詳しい説明は、会場で話しますから。ついてきてください」

そう言うと、泉ちゃんはコッソリ寮室のドアを開けました。

月光がほんのりと射す廊下《ろうか》に、他にも生徒たちが出ていました。

セーラーの地が光を反射し、暗い廊下に佇《たたず》む彼女たちはまるで優美な深海魚のよう。

さらに加えれば、全員無言。誰も口を開く者はいません。幽玄《ゆうげん》な雰囲気《ふんいき》が漂《ただよ》います。

「……………あの、皆さん、一体なにを……？」

しぃ、と泉ちゃんが読子の唇に付箋《ふせん》を当てます。集まった生徒たちは、言葉も無いままに階段を降り、一階に到着しました。

階段脇にある、物置のドアを開けます。そこには、さらに地下へと続く階段がありました。読子以外は整然と、そこを降りていきます。

そこは物置ではありませんでした。地下室です。

しかしこの地下室、なんだかやたらと広い。天井はやけに低いが、広さは教室ぐらいは優にあります。ちょっとしたライブハウス、といった感じですか。

部屋の中央には、机が二つ、間隔《かんかく》をおいて向かい合わせに設置されています。対面式のクイズ番組を思い出しますね。

その椅子を取り囲むように、降りてきた生徒たちはグルグルと回り始めました。

読子さん、入ってきた時から匂《にお》いで気づいてはいましたが、周囲の壁にはやっぱり棚が備え付けられ、本が詰まっています。

なにか怪しい集会に巻き込まれたのでは？　と今更考える読子さん。うっかり者・オブ・ジ・イヤーは今年もノミネート確実です。

生徒たちが、小声でなにかブツブツと呟《つぶや》き始めました。

「……………。……………………！　……………………イト！」

耳をそばだてるまでもありません、それはすぐにはっきりと聞き取れる大きさにボリュームアップし、部屋に木霊《こだま》しました。

「…………ドファイト！　リードファイト！　リードファイト！」

リードファイト。泉ちゃんが、部屋で言った言葉です。

言っているうちに興奮してきたのか、生徒たちの体温が上がりました。

「リードファイト！　リードファイト！　リードファイト！」

読子さん、思わず泉ちゃんの肩を叩きます。

泉ちゃんは、「わかっている」という顔で今度は、自分の唇に付箋《ふせん》を当てました。「だから黙っていろ」との意味があるようです。

かけ声は徐々に叫びに代わり、クライマックスを迎えました。

「ファイート！」

「いっさーつ！」

全員が止まり、手を叩きました。なんだかわかりませんが、異様な盛り上がりです。

考えてみれば、真夜中に女子寮の地下室で、セーラー服の少女たちが雄叫《おたけ》びをあげているのですから、行為自体が異様なのですが。

理解できないうちに同調していた読子さん、これからナニが始まるのかと、思わず目を見張ります。

熱気を放つ生徒たちは、やがてリズミカルに手を叩きだします。

「チャンプ！　チャンプ！　チャンプ！」

歓声を背にして、円の中から一人の少女が机に向かいました。

小柄《こがら》で短髪、少女というより少年の雰囲気《ふんいき》を持っています。なぜかセーラー服の端々《はしばし》が破けて、腕なんかもう丸出しです。

チラチラと見える肌にはスリ傷や絆創膏《ばんそうこう》があり、その日常が決して穏やかなものでないことを如実《にょじつ》に語っています。

彼女が〝チャンプ〟と呼ばれる存在なのでしょうか。泉ちゃんが、歓声にまぎれて、読子さんのそんな疑問に答えてくれました。

「彼女の名前は、三省洞《みつせいうつお》。このリードファイトの、常勝チャンピオンです！」

「みつせい……うつお……」

ミニサイズの身体《からだ》が、生徒たちをバックにすっくと立ちます。張った胸は意外なボリュームをアピールしています。

洞に対抗するように、向かいの机に一人の生徒が現れました。この少女、すぐにアッサリやられるだけなので、名前は仮にA子ちゃんとしておきましょう。

「チャレンジ！　チャレンジ！　チャレンジ！」

チャンプとチャレンジャー。互いの立場を確認し、二人は机に着きました。一体なにが起こるのでしょうか。

「本！　本！　本！」

コールに呼ばれて、滑車のついた台が押されてきました。商店街の福引きなどで使われる、アレです。ただし側面には、たくさんの本が描かれています。

チャレンジャーのA子ちゃん、福引きに手をかけてガラガラと回します。その間に、周囲の生徒たちが細長い紙を取り出し、「チャンプ！」「チャレンジャー！」と叫びながら、振り始めました。

「リードファイトは、学校側にナイショで行われる、賭《か》け試合なんです」

熱狂の渦《うず》から一歩離れ、泉ちゃんがつぶやきました。

「賭け試合？」

「はい。それぞれの図書券を、チャンプかチャレンジャーか、どちらかの勝利に賭ける……負けた者は本が買えなくなる、命がけの真剣勝負！」

「本が、買えなくなる!?」

本が買えない。この事実が読子さんにとってどれだけショックかは、冒頭を読んだ読者諸兄《しょけい》はご存じでしょう、となぜか文体も堅くなる。

いつしか生徒たちの集団は、チャンプサイドとチャレンジャーサイドにキレイに分かれていました。同時に、A子ちゃんが福引きを回していた手を止めます。

コロリ、と落ちた玉には、7―A―5と書かれていました。

「7―A―5！」

7番の番号がふられた棚《たな》、一番上の段、右から五冊目の本が抜き出されました。

『キルタイム・ラバー』と表紙に書かれた本です。血のついたナイフという、なかなかに陳腐《ちんぷ》なイラストです。

そういえば、この棚に並んでいるのは、安っぽいノベルスや刺激の強いマンガ、どれも校内では見かけない類《たぐい》の本ばかりです。

「この学園では、本の購入に検閲《けんえつ》がかかるんです。入ってくるのは、思想、教育に問題がないと思われる本ばかり……でも、他の本も読みたくなるじゃないですか」

泉ちゃんの言葉に、うんうん頷《うなず》く読子さんです。

「ここは、先輩たちがその検閲をかいくぐって集めた、禁断の本の倉庫。そして、学園の本当の勢力を決める、決闘の場所」

「本当の、勢力？」

次々と展開していく学園の裏事情に、読子さんはついていくのがやっとです。

「ええ。リードファイトを戦うファイターは、五つの読書クラブのどれかに所属しています。もちろん、ファイターに賭《か》ける生徒たちも。つまり、優秀なファイターを抱えるクラブが多くの図書券を所有し、本の購読の流れを決める、つまりは学園の行く末を握っているんですよ」

敵方のファイターに賭けることもできます。しかし誰もそれをしないのは、やはりプライドがあってのことでしょう。

「……で、そのリードファイトって、具体的にはなにをするんですか？」

「今から始まります。よく見ててください」

洞《うつお》がA子ちゃん同様に選んだ『緑虫《みどりむし》横行事件』を手に、机に座ります。

「10！　9！　8！」

周囲の生徒から、カウントダウンが起こりました。

「読子さん……私はあなたに、このリードファイトに出てほしいんです」

「はぁっ？」

「5！　4！　3！」

カウントダウンの中、泉ちゃんがつぶやきました。

「……そして、この学園を生まれ変わらせてください。今の屍《しかばね》から……」

「1！　…………！」

ゼロ、の声と同時に、二人が一斉に本を開き、猛烈な勢いで読み始めました。

洞とA子ちゃんは、黙々とそれぞれの本を読み続けました。二人が顔を上げたのは、正確に一〇分間が過ぎて、周囲から「やめ！」の声がかかった時です。

読子さん、この間、周囲があまりに静まりかえっているので、泉ちゃんに質問を重ねられないままでした。

両者とも、集中して読んだのでしょう、額《ひたい》や首スジにうっすらと汗をかいています。

「……終わりですか？」

「いえ、始まりです」

読子の問いを、クールに否定する泉ちゃんです。その横顔には、童顔《どうがん》に似合わない迫力が見えます。それほど、このリードファイトは学園生活にとって重要なのでしょう。

二人は、席から身を乗り出してお互いの本を交換しました。じゃんけんで先攻、後攻を決めて再び席に戻ります。

「リードファイト！　リードファイト！　リードファイト！」

急にまた、観衆が盛り上がりました。三度〝リードファイト〟を唱え、沈黙します。

その沈黙の後、先攻のA子ちゃんが『緑虫横行事件』を開きます。

「………グーフィー警部の娘の名前は？」

その質問に、洞がニヤリと笑って答えます。

「フォレンティーヌ・ド・エメラルドフォレスト・ポーリーン」

それに対してA子ちゃん、眉《まゆ》をちょっとしかめてつぶやきます。

「…………正解です……」

おお、と観客がどよめきました。

つまり、相手が読んだ本の内容をクイズにして交互に出題し、正解すれば勝ち、ということなのでしょう。通常の授業とも似てますが、

「読書の制限時間は一〇分、出題するほうもどんな問題が難しく、どんな問題が簡単かは勘《かん》に頼るしかありません。目隠しをして、ジュースティングをするようなものです」

とは、泉ちゃんの説明です。ジュースティングとは、長い槍《やり》を持って馬でスレ違い、交差した瞬間に相手を突く、中世の騎士が行った競技のことです。『ロック・ユー！』という映画を観ればイッパツでわかります。

「しかも、ここにあるのはマイナーな小説やマンガ本、雑誌がほとんど……。授業の読書では通用しない、〝些末《さまつ》なポイントまで押さえる技術〟が必要とされるんです」

説明の間にも、勝負は進んでいます。

「……第二章のラストで、ドリアンの手元に残ったカードは三枚。全部言ってよ」

攻守を代えて、洞《うつお》がA子ちゃんに質問しています。

「……ハートの4、6……あと、スペードの……」

A子ちゃん、そこで言葉につまって悩みます。洞のほうは挑発するように、ニヤニヤと笑っています。

「……………………J……」

「ブッブー！　正解はQ、だよっ」

ふふん、と鼻を鳴らす洞です。態度のほうも、ほんのりボーイッシュ風味。片やA子ちゃんは、拳《こぶし》をグッと握りました。悔《くや》しさが滲《にじ》みだしています。

「先に三回、正解したほうが勝ちなんです」

言ってしまえばただのクイズ大会ですが、泉ちゃんも他の生徒たちも真剣です。

「彼女……三省《みつせい》さんは、生徒会長も所属する校内最大の読書グループ、〝愛書同好会〟のメンバーで、彼女の懐刀《ふところがたな》と呼ばれています」

「はぁ……その、生徒会長さんは？」

「ここには来てません。彼女はこういう、暗かったり騒々しかったりする場所を嫌っているんです。勢力争いは今、三省さんにまかせたままで」

「ほうっ……」

「……彼女の正解率は、他に比べて群を抜いています。不正をしてるんじゃないか、という噂《うわさ》もありましたが、証拠もないし……そもそも相手の出題を操作はできません」

「……相手の人は、じゃあ別のグループの人なんですね」

読子さんは、ちょっこりと人差し指をA子ちゃんに向けました。

「はい。彼女は校内で二番目のグループ、〝読みっコチーム〟です。なんとか三省さんの勝利を阻止《そし》しようとしてるんですが……今日も、ダメなようですね……」

二人が話している間にも、洞とA子ちゃんの勝負は進んでいました。泉ちゃんが嘆息《たんそく》したように、洞が悠然《ゆうぜん》と、三問目を答えています。

「…………合い言葉は、『グローイング・アップ、グローイング・アップ！　君の青春、何センチ？』だね！」

ガックリと、A子ちゃんが項垂《うなだ》れました。

「……正解……」

洞が立ち上がり、ガッツポーズをとります。彼女の背後に集まっていた生徒たちが、歓声と拍手を送りました。おそらく、全員が愛書同好会のメンバーです。

A子を応援していた生徒たちは、悔《くや》しそうに洞の机に図書券を置いていきます。たちまちそれは、小さな山になりました。

「この数週間で、校内の勢力図は一変しました。他の四団体は協力して、打倒愛書同好会を目指していますが、三省さんに勝てる人材がいないんです」

ここまで聞けば、さすがにニブい読子さんも察しがつくというもので。

「……つまり私に、あの人と勝負しろ、と。そういうことですか？」

「はい」

泉ちゃん、読子の顔を正面から見つめました。必要以上にキラキラとした瞳が、ダメ人間には眩《まぶ》しいものです。

「それはまあ、あの……でも、泉さんはどの団体に入ってるんですか？」

言葉だけ聞くとプロレスラーのようですが、泉ちゃんは頭を横に振りました。

「私は、無所属です。どこにも属してません」

「え？　そうなんですか？　どうして？」

泉ちゃんの瞳に、ちょっと暗いものが混じりました。

「ちょっと、事情があって……でも、私、思うんです。この学校には少しだけど、私みたいな無所属の生徒もいるんです。……本来、読書って、自由に好きな本を読むべきですよね。学校の検閲《けんえつ》もおかしいけど、……一つの団体が、実権を握って、校内の本の傾向を決めちゃうのも、どうかなって思うんです」

　泉ちゃんの言うことはもっともです。しかし本は、読みたくなければ読まないという選択もあるのです。あくまで自分の趣向を貫《つらぬ》いて、そこから外れる本は無視する、というのも一つの手段ではないでしょうか。

　…………とは、まったく考えない読子さんです。

「なるほど。ぼんやりとですが、泉さんの言いたいことはわかりました」

「読子さん！」

　読子さんは本が好きです。もう、あらゆる本が好きなのです。

　だから、あらゆる本には、あらゆる人に読まれるチャンスがあるべきだと考えているのです。焚書《ふんしょ》、思想統制、検閲《けんえつ》は彼女のもっとも忌《い》み嫌うところなのでした。

　読みたくなければ読まない、という判断もアリでしょう。

　しかし、読んでから「これはナシ」と判断するほうが、実りは多いに決まっています。確かに時間は浪費《ろうひ》されますが、人間は失敗を重ねて成長するのですから。

「泉さんは、そうなっていきつつあるこの学園に、ストップをかけたいんですね？」

　泉ちゃん、コックリと頷《うなず》きました。

「本を選ぶ自由を、みんなに残しておきたいんですね？」

コックリコックリ。

「そのために、私の力が必要なんですね?」

コックリコックリコックリ。

「……わかりました。ご協力、させてもらいます」

「! ありがとう、ございます!」

思わず泉ちゃん、読子さんの手を握りました。信じられない柔らかさの中に、ちょっと芯を感じた読子さんでした。

「なぁに? 今日はもうナシ? ハッ、ぜーんぜん、読みたりないんだけど!」

得意げに、ヒラヒラと手を振る洞《うつお》です。

時々オヘソが見えてます。どこから見てもワンパク印《じるし》体育会系オテンバ娘の彼女が、これだけ読書に高い能力を発揮《はっき》しているのは、意外といえば意外です。

「今日でもう何日目だっけ? 勝ちっパナシで。あんたたちも、いいかげんあきらめて紀伊《きの》サマの部下になりなって。どのみち、そうなるんだから」

負け組陣営からは声もあがりません。悔《くや》しいけれど、洞に勝てる者はもう、彼女たちの中にはいないのです。

「……まあ、紀伊サマの部下になる前に、あたしの舎弟《しゃてぃ》から始めないと、だけど。イチから本の読み方、しこんであげなきゃね。みんなノロマで、集中力ないし」

その時。負け組の中から、手があがりました。

「ちょっと、いいですかぁ〰〰〰〰」

声も、続きました。異様に緊張感を殺《そ》ぐ、脱力系の声です。最初、洞は誰かのアクビかと思ったほどでした。

「誰?」

洞のみならず、その場の全員が挙手した当人に視線を向けました。

そこには、当然のごとく読子さんが立っています。右手を挙げたまま、左手で頭をかきながら。にへら、と笑みを浮かべて。

「……あんた誰?」

「読子・リードマンです」

その名を聞いて、生徒の一部がざわ、と動きました。昼間の噂《うわさ》を聞いた連中でしょう。

「知らないけど。どこのメンバー?」

しかし洞の耳には、どうやら届いていないようでした。じっと目を細くして、上から下まで読子を観察します。

「いや〜、昨日転入してきたばっかりで」

「あっそ。じゃあ、〝愛書同好会〟に入る？　どうしても入りたいっていうなら、考えてあげてもいいけど」

どうやら洞は、読子さんを格下、と判断したようでした。こんなチビっ子に、一瞬でナメられてしまうのは、読子さんの強みでもあり、弱みでもあるのですが。

「いいえ〜。遠慮《えんりょ》させていただきます〜。私とか入ると、すごーくいろんな迷惑をかけちゃうんで……」

意味が理解できず、「？」の顔をする洞。この辺は経験値の差でしょうが、ここでバラすわけにはいかない事実です。かなりのギリギリですが、読子さん、今は一応高校生なのですから。

「ふーん。で、なに？　あんた、あたしに挑戦するって？」

「はい。受けていただけるのなら」

八つも九つも年下の洞に、あいかわらずの敬語で接する読子さん。卑屈《ひくつ》でも皮肉でもなく、もうこの基本姿勢が身についているのです。

ざわめく生徒たちを後に、洞はペロリと唇を舐《な》めました。

「いい度胸してんじゃん。けど、図書券はあるの？　一枚や二枚じゃ、受けらんないよ」

転入したての読子さんには、まだ図書券が配布されてません。昨日今日は寮室や図書室の本を読んでいたため、必要はなかったのですが。

「これなら、どう？」

ばさっ、と三〇枚。図書券が机の上に置かれました。読子さんの後ろから現れ、それを出したのは泉ちゃんです。

「書《かく》、泉《いずみ》……」

泉ちゃんを見て、洞が軽く驚きました。この二人、どこかで面識があるようです。

「久しぶりね、三省《みっせい》さん」

読子さん、二人の間に浮かぶ緊張の揺らぎを、ふらふらと眺めます。

「なに？　そんなに賭《か》けるほど、この人、買ってるワケ？」

「そう。読子さんは、ただ者じゃないわ」

その自信に満ちた口振りに、改めて洞《うつお》は読子さんを見つめます。

見られて困る読子さん、あは、あは、と慌《あわ》てたように頭をかくのでした。

「…………まあ、いいけど」

洞の視線は、再度泉ちゃんに戻りました。

「紀伊サマより、こっちを選ぶって？　本以外でも悪趣味だね」

紀伊サマ……幾度か出たその名が、彼女たち〝愛書同好会〟のリーダーなのでしょうか。

とりあえず、口をつぐんでいる読子さんです。

洞は机に置かれた図書券の束をわしゃ、と摑《つか》んで二人を見ました。

「かかってきな。……丸裸に、してやるから」

「いえ、その前に」

読子さん、一人の生徒に棚《たな》から本を選ばせて、それを一分ほど読みました。

『なんてったって殺人荘』。なかなかアタマの悪いタイトルです。読み終わると同時に、洞に渡します。

「まさか……」

「出題してください」

いつもの自然体、というか脱力っぷりで、洞に笑いかけます。

「殺人荘、開かずの二号室で六番目に住んでいたのは？」

「えっと。……鮭肌鮫雄《さけはださめお》、さんでしたか」

ぴく、と洞の頰《ほお》が動きます。正解でした。

「殺人荘の隣にある、重体荘。大家《おおや》の娘が好きな食べ物は？」

「手羽先《てばさき》ですね」

「犠牲者《ぎせいしゃ》の春市《はるいち》が、家賃を払った後、手元に残っていたのは幾ら？」

「二千……とんで、十……九円、かな？」

生徒たちは、正解こそ知らないものの、洞のリアクションから、読子さんの答えがみんな正解だと感じとりました。洞の目は、いつしか真剣に読子さんを見つめていたのです。

「これでハンデなし。チャラ、ということでよろしいですか？」

読子さん、本に関しては正々堂々勝敗を決めたい、という気持ちがあるようです。他がどうなのかは知りませんが。

「……やるじゃん……」

洞の顔に浮かんだ笑みは戦士、いや読士としての誇りでしょうか、それともただの強がりでしょうか。

その時です。

ふぁさ、と机の上に、新しい図書券が加わりました。

「！」

読子さんのデモンストレーションを見た、生徒の一人です。

「乗らせてもらって、いい？」

「はい、どうぞ」

泉ちゃんが答える前に、読子さんがあっさりと頷《うなず》きます。泉ちゃん、まあいいです、とばかりに首を縦に振りました。

それをきっかけに、続々と図書券が積まれていきます。

A子ちゃんとの勝負ほどでないにしろ、結構な量が机に集まりました。

「くっ……」

未経験のプレッシャーを感じたのでしょうか、洞の肩に力が入ります。

しかし一方の読子さんは、

「うわ〰〰〰、うわわ〰〰〰〰！」

図書券の山を見て、欲望にキラキラと目を輝かせています。買い物の九割以上を書店ですませる読子さんにとって、これは紙幣《しへい》の山と同じです。いや目的の純粋性において、紙幣以上に価値があるものかもしれません。

「……プレイヤーは、勝ち分の三割が手に入ります」

泉ちゃんの説明で、キラキラはギラギラに変わりました。正義のヒロインとしてはどうなんだろうと思いますが、よく考えたら別にまったくの〝正義〟ってワケでもないのでまあいいか、って感じです。

「さあやりましょう。今やりましょう。すぐやりましょう」

イヤな感じに急《せ》かされて、洞は、今目の前にいる相手がただ者ではない、ということをようやく実感したのでした。

「タイムアップ！」

より公正を期すために、洞サイドから一人、そして泉ちゃんが一〇分間を計測しました。洞は、対A子ちゃん戦より表情が険しくなっています。額《ひたい》の汗も少し増えたみたいです。それでも手にした本『あきらめるなボンボン男爵《だんしゃく》』は読み切ったらしく、かけ声と同時に、叩きつけるようにページを閉じました。

「……………………………いっ⁉」

思わず変な声を出したのは、読子さんの方を見たからでした。

「うぐぐぐぅ〜〜〜〜〜〜〜〜〜〜〜〜……」

読子さん、『サイバーだよ全員集合！』という本を手に、汗のみならず涙とか鼻水とか、いろんなモノを出しています。

「きっ、汚っ！」

洞《うつお》の指摘に、思わず泉ちゃんも〝引いて〟しまいます。

「ああっ……。すみません……」

読子さん、なんの迷いもなく、ぐしっと袖《そで》で顔を擦《こす》っちゃいましたけど。誰かなんとかしてくれませんか、この人。

「いやぁ〜〜〜、本はカバーで判断するなって言いますけど。予想外に感動的でしたねぇ、この本……」

略して『サイ全』を胸にひっしと抱きしめる読子さん。瞳を閉じ、内容を反芻《はんすう》するようにうっとりと頬《ほお》を赤らめました。

たった一〇分で、感情移入までするほど本を読み込んだっていうの？

……ウソだ。ハッタリに決まってる。

洞の頭がフル回転して、読子の行動を分析《ぶんせき》しようとします。しかしそうなると、肝心《かんじん》の本の内容を忘れそうになったりして、慌《あわ》ててそれを停止させます。

「いいから、早く交換しろよっ」

「はいはい。すみません……」

読子さん、洞の『あきらめるなボンボン男爵』、略して『あきボン』を受け取ると、またしても顔をほころばせます。

「ああ〜〜〜〜、こっちもオモシロそう〜〜〜」

例えば人が、熊や虎のような野獣に遭遇《そうぐう》した時。どんな心理に陥《おちい》るものなのでしょうか。

普通の人は、大概《たいがい》あきらめてしまう、というか野性の気に圧倒されてしまうのではないでしょうか。

技術とか体力とか言う前に、まず〝どうしようもない差〟というモノがそこには存在します。地球の上で生きる根元的な立ち位置が、そもそも違うのです。なにしろ彼らは、牙や爪で補食し、生きているのですから。生存＝牙、なのです。

洞はちょっと、そんな感覚を読子さんから感じていました。

この女は生存＝読書、の域まで達している読獣《どけもの》ではないのか？

戦慄《せんりつ》すら、心に浮かんできます。それは、あるいは洞ならではの勘《かん》なのかもしれません。

じゃんけんで、洞の先攻が決まりました。

「行くからね……容赦《ようしゃ》しないぞ」

「はいはい～。どうぞ～～～」

洞の戦意をかき消すように、読子さんはもう『あきボン』を読んでいます。

「第一問っ！　量販店マクドカメラのコンピュータ、店長のオススメを一から三位まで全部言ってみろっ！」

「ＸＸＸ—一兆八千、マタンゴＺ、ＲＳ—牛タイプの三機ですね」

答えている間も、読子さんは本から目を離しません。そしてそれは、もちろん正解なのでした。

「そっちだ！　早く言え！」

「んーと。男爵のお供の名前はなんですか？」

洞の顔が赤くなりました。それは準主役、といっていいほどの登場人物だったからです。ナメられている、と感じたのでしょう。

「バカにしてんのか！　ヒョンヒョロだ！」

「えーと。……あ、正解です」

読子さん、顔をあげてパチパチ、と拍手を送りました。その行為がまた、洞の怒りの火力を上げるのですが。

なにはともかく、初戦は引き分け。一対一になりました。

「第二問出すぞ！　いいか！」

「いいです、ハイハイ」

読子さん、また本に視線を落とします。

「よくないだろ！　顔上げろよ！」

冷静さを失いつつ、洞が怒鳴《どな》りました。

今までにない空気に、生徒たちも戸惑っています。泉ちゃんやA子ちゃん、読子の勝利に賭《か》けた連中も同じです。

しかしその誰も、この戦いが朝まで続く死闘になるとは気づいていないのでした。


「第っ……一九七、問……」

時刻は朝の四時になろうとしています。

なぜそれほど時間がかかっているのでしょう？　答えはシンプルにして単純。同じですか。つまり二人とも、ここまでノーミスで進んでいるのでした。

両者が三問連続正解した時点で、勝負はサドンデスとなりました。先にミスした方が負ける、待ったなしのデスマッチデス。

しかしそこから、二人とも驚異的な粘りを見せて、

「主人公が全編で食べたビスケットの枚数は⁉」

「ヒロインの兄の嫁《よめ》の父の祖父の趣味は⁉」

など、観客には理解不能というか本当にそれ正解なのですかというレベルの戦いを繰り広げているのでした。

読子さんも『あきボン』を読み終わり、問答に専念しています。

一〇〇問を超えた辺りから、観客も一人倒れて眠り込み、二人倒れてイビキをかき、という

死屍累々《ししるいるい》な有様。

さすがに泉ちゃんとかは起きていますが、この死闘はいつ終わるのか、と疲労の色も隠せません。

しかし、時折ぺんぺんと頬《ほお》を叩いて、意識をハッキリさせます。

しかし、勝負は徐々にですが、終わりに近づいていたのです。洞はもう、陥落《かんらく》寸前。意地で目を見開いているにすぎません。

しかし読子さんはまだまだ元気です。ていうかいつものまんまです。夜型の生活が許される、限りなく無職に近い読子さんとしては、朝の四時などお手の物なのです。

「あのー……続き、明日にしてもいいですよ……」

「うるせっ！　……ここまで来てっ、引き下がれるかっ！」

反論する洞には、数時間前の元気はほとんどありません。それでも正解を続けてきたのは、立派といえるのですが。

「……はやくっ……問題出せっ！」

「はぁ。……この本、訳しているのは誰でしょう？」

「!?　なんだよっ、そんなのっ！　内容に関係ないじゃん！」

思わず大声を出す洞ですが、読子さんはあたふたと反論します。

「でも、洞さん。一一〇問めぐらいに、奥付《おくづけ》に関する問題出しましたよ」

記憶の片隅に、思い当たるフシがありました。

「訳者……役者……やく……しゃ……」

洞にとって、重要なのは内容です。本という物体や、スタッフに関する記憶はどうしても甘くなります。ましてや睡魔《すいま》が、彼女の脳をじわじわと溶《と》かしてきたのです。

「…………洞、さん？」

一分以上の沈黙が続き、読子が声をかけてみると。

「……すぃよ……すぃよ……すぃよ……」

洞は可愛《かわい》い寝息を立てて、沈没していたのでした。

「ノックアウト！　読子さんの、ひょうりでふ！」

アクビを殺しつつ、泉ちゃんが宣言しました。

「はぁ、どうも……」

と立ち上がりますが、敵も味方も、生徒たちはほとんど寝入っていました。

ダメ人間の孤独な勝利を、ささやかに泉ちゃんと、早起きのニワトリがコケコッコーと賞賛するのでした。

第三章　『生徒会長お手をどうぞ』

「まあ読子《よみこ》さんよ」「読子さんだわ」「読子さんおはよう」「ごきげんよう読子さん」「ステキだわ読子さん」「読子さんこっち向いて」「これ食べない？　読子さん」「いい本があるの読子さん」「読子さん握手して」「読子さん抱いて」「読子さんメガネちょうだい」「読子さん一緒《いっしょ》にトイレ行かない？」「読子さんこれ知ってる？」「読子さん電波届いた？」「読子さんザクロとブラウ・ブロではどっちが好き？　私はブラウ・ブロ」「読子さんそろそろマジにヤバくない？」「読子さん、血液型はなぁに？」「読子さん誕生日はいつ？」「読子さんお風呂《ふろ》ではどこから洗うの？」「髪の毛一本くれない？　読子さん」「読子さんってば慌《あわ》てんぼね」「読子さんはいつ寝てるの？」「読子さん、好きな人っている？」「読子さんピザって一〇回言ってみて」「読子さん蘊蓄《うんちく》を一つお願い」「読子さん私もうダメかも」「そっちに行っちゃダメ！　読子さん！」「あなたは確か読子さん」「読子さんのモノマネをしまーす」「読子さん給食費がまだよ」「最後まで一緒に走りましょうね、読子さん」「読子さん、嵐が来るわ」「読子さん、ここ教えてくれない?」「あっ! 読子さんだ!」

一夜明け、というか戦い終わって陽が昇ると、読子さんは一気に本物の有名人へと変身していました。

もちろん、それを言いふらしたのは泉《いずみ》ちゃんと、愛書同好会に敵対する生徒たちです。

先日も、授業で尋常《じんじょう》ならざる読書能力を発揮《はっき》した読子さんですが、これでオモテとウラの両世界で一目置かれる存在になったというワケです。

もちろん、急速に広まったウワサにつきものの、いらない尾ヒレもガンガンについてます。いわく、「読子さんが正解すると、棚《たな》の本が一斉《いっせい》に震えたそうよ」「センパイたちの霊魂《れいこん》がカンニングして答えを教えたそうよ」「彼女、本当は三二歳だそうよ」

微妙にニアミスしてる噂《うわさ》に、ドキドキする読子さんです。

「いいんでしょうかぁ〜〜〜〜〜、こんなコトになってぇ〜〜〜〜〜」

熱い眼差《まなざ》しを浴びながら、廊下《ろうか》を進む読子さん。マネージャーかエージェントのように、泉ちゃんが寄り添います。

教室の中から、廊下の角から熱視線がバシバシと飛んできます。浴び慣れない読子さんには、正直鬱陶《うっとう》しいものです。

「みんな、三省《みっせい》さんの連勝には含むものがあったんですよ。参加してなかった生徒たちにも、話は広まっているみたいだし。……計画の第一段階としては、十分です」

「計画?·」

「ちぇすとー！」

読子さんが首をかしげた時、その背後からかけ声が飛んできました。

「！」

反射的に、身を屈《かが》める読子さん。その上を、跳び蹴《げ》りの姿勢で洞《うつお》が通過していきました。

「うわーっ！」

勢いあまって、そのまま廊下を転がっていきます。ガラドラズッシーン！　と、ことさらにマンガチックな擬音《ぎおん》を撒《ま》き散らしながら。

「三省さん!?」

「あ、昨日の」

あいたたた、と頭とか腰を押さえながら、洞が立ち上がります。彼女の傷やケガは、こうして増えていくのです。

「……おいっ！　ヒキョー者っ！」

後ろからいきなり跳び蹴りをカマしてきたヤツに、言われたくないですね。

「あたしは、あんたに負けたんじゃないからなっ！　眠気に負けたんだっ！」

「ええまあ、そのとおりで……」

アッサリと敵の主張を受け入れる読子さんですが、彼女に代わって泉ちゃんが答えます。

「見苦しいわ、三省さん」

最初に会った時とは別人のように、その声には芯《しん》が通っています。

「条件は同じだったはず。……なら、あなたが途中で寝たのは試合放棄《ほうき》だわ」

「ちがわいっ！」

「違わないわ。違うっていうのなら、ちゃんと説明してみて」

一歩も引かない泉ちゃんに、洞の顔が赤くなります。

「ううっ……ううう〜〜〜〜〜っ！」

彼女、登場時と同様に、いきなり背を向けて逃げだしました。

「うわぁぁん！　ちぇすとーっ！」

あれま、と読子さんの肩が落ちます。

「……すみません、彼女、コドモなんです」

なぜか泉ちゃんが謝るのです。過去に、なんらかのつきあいがあったからでしょうか。

「あれだけ読書能力が高いのに、どうして中身は成長しないのか……」

「彼女、たぶん映像記憶能力を持ってるんですよ」

「はい？」

映像記憶能力とは、見たモノをそのまま、写真のように頭に記憶できる力のことです。

例えば「電線にカラスがとまっています。なにかの合図でそれが皆飛び立ちます。さて、カラスは何羽いたでしょう？」という問いがあったとします。

映像記憶能力があれば、カラスがとまっている状態の電線を完璧《かんぺき》に記憶し、頭の中で一羽ずつ数えていけばいいのです。

「つまり三省さんは、本のページをまるまる記憶して……」

「問題にあわせて、頭の中で検索《けんさく》してたんでしょうね」

しかしそれは、本からなにかを学びとることにはなりません。だから人間的な成長は今一つ取り残されているのでしょう。

「……だから、いいように使われていることに気づかないんですね」

泉ちゃんの顔に、少し影が射しました。

「泉さん？」

読子さんは、時折泉ちゃんが見せる、この憂《うれ》いが気になってきました。しかしそれを追求する前に、泉ちゃんが話を続けます。

「読子さん……あなたのその洞察力と、技術を貸してくれませんか？」

「いやまあ、それはいいんですが……」

泉ちゃんの主張には賛同している読子さんです。リードファイトで約束した手前もありますし。それに、本を読むだけで他人の役に立つなら、断る理由はありません。

「アレを毎晩っていうのは、ちょっと……」

読子さん、タイミングよく大アクビをしてしまいます。

「いいえ……、ああいう戦いで勝利を収めていっても、そうそう学園は変わりません」

では昨日、というか今朝《けさ》の死闘はなんだったのでしょうか。思わず眉《まゆ》が動いてしまう読子さんです。

「……あなたは、もっと大きな戦いができる人です」


二人は寮室《りょうしつ》に戻ってきました。

泉ちゃん、自分の机の引き出しから、一枚の栞《しおり》を取り出します。

「なんです？」

「これは、生徒が入学時に一枚ずつ受け取る、〝誓《ちか》いの栞〟です」

「誓いの栞？」

転入生の読子さんは、そんなもの受け取っていません。手違いなのでしょうか、そういう制度なのでしょうか。

「……この栞を手にして交わした約束は、絶対に破ってはいけません。破ると、生涯本《しょうがいぼん》に嫌われる、と言われています」

読子さん、それを聞いただけで、恐怖のあまり全身の毛が逆立ちます。

「なんておそろしい！」

しかし泉ちゃんは、その栞を読子に向けて言いました。

「私は、あなたが協力してくれるなら、この先あなたの言うことを聞くと誓います。あなたのシモベになります」

突然出た言葉に、思わず目を丸くする読子さんです。

「ちょ、ちょっと待ってください。そんなに大げさなことをしなくても、私できることなら協力しますから……」

「いいえ。三省さんとの戦いとかならともかく、これから相手にしようとする敵には、これぐらいの覚悟が必要なんです」

だんだん話が深刻になってきました。しかし読子さんは今ひとつ、雰囲気《ふんいき》に取り残されています。

「あの、泉さん、私になにをしてほしいんでしょうかぁ……？」

とにかくそれを聞かないと、落ち着きません。

「……二日後、次期生徒会長選出の選挙が始まります。読子さん、あなたに、それに出てほしいんです」

「選挙？　生徒会長？」

「はい」

思わず、自分で自分を指さしてしまいます。

「……私に、生徒会長になれ、と？」

「そのとおりです」

読子さん、慌《あわ》てて手をぶんぶんと振り始めました。

「無理っ！　無理ですっ！　私、転入してきたばっかりだし！」

「でも、もう読子さんは学校中の有名人です。実力だって、みんな知ってます！」

じり、と食い下がってくる泉ちゃん。どうやら彼女、読子さんよりずっと性根《しょうね》は強いのかもしれません。

「いや、でもっ！　私、人の上に立つ器《うつわ》じゃないんですっ！」

「そんなことありません！　読子さんは、ちょっと特殊なカリスマ性を持ってます！」

さすがの観察眼で、泉ちゃんは読子さんの本質を言い当てています。

「だらしなく見えるけど、一応ゆるがないモノがあって……。なにより本が好きで、好きで……とても一〇代には思えない貫禄《かんろく》というか、風格というか……」

それはそうかも、と頷《うなず》かざるをえない指摘です。

「私よりっ！　泉ちゃんがなったらどうでしょう？　泉ちゃん優しいし、可愛《かわい》いし、きっとみんな投票してくれますよ！」

「私じゃダメです……。私には、あなたや……彼女みたいに人を惹《ひ》きつける、サムシングがありません……」

「さむしんぐ？」

突然出た言い回しに、読子さん、ついヒラガナで発音してしまいます。一応彼女、英国とのハーフなのですが。

「はい。……よくも悪くもこの学校では、個性の強い人間が勝つんです……」

確かに、正当派美少女の泉ちゃんはそのぶん、他を圧倒するパワーには欠けているようにも思えます。

「……彼女、って言いましたよね？　それってつまり、今の会長さんですか？」

「はい。……國屋《くにや》、紀伊《きの》……。それが会長の名前です」

國屋紀伊。……古風ながら、風格の感じられる名前です。

「みんなは〝紀伊サマ〟と呼んでいます」

そういえば、洞も昨夜、生徒たちを挑発する時に、そう呼んでいました。サマ付けで呼ばれる生徒会長……。もうそれだけで、彼女の学園における力が見えるというもので。

「その、紀伊サマが会長じゃ、そんなにダメなんですか？　みんなでお願いしてみれば、欲しい本だって入れてくれるんじゃありません？」

泉ちゃん、ちょっと激しく首を横に振ります。

「いいえ。……むしろどんどん、ひどくなっていくでしょう。紀伊サマ……は、揺るがない美学を持っている人です。妥協《だきょう》はありません。美学には、美学で対抗するしかないんです」

「私、美学なんて持ってないんですけど……」

聞けば聞くほど、自信が無くなっていく読子さんです。

「読子さんの、本に対する情熱とこだわりは、立派な美学だと思います」

これだけ言ってもあきらめない泉ちゃんも、揺るがない人材だと思うのですが。

「どうしてそんなに、私だと思うんですか？」

読子さんの問いに、泉ちゃんはちょっと俯《うつむ》きました。

「読子さん、この部屋に入ってきた時、すっごく嬉《うれ》しそうな顔をしましたよね？」

あ、と思い出す読子さん。ほんの一瞬ですが、泉ちゃんはちゃんと見ていたのです。

「それで、思ったんです。この人、私に似てるところがある。信じられるって」

なんということでしょう。それは読子さんがあの時、思っていたことと同じではありませんか。山積みの本たちは、言葉を交わす前に二人を繋《つな》いでいた、というワケです。

「それに……私も、菫川《すみれがわ》先生の本、好きなんです」

「えっ？」

「ご、ごめんなさいっ。……ケースから覗《のぞ》いたのが、見えて……」

「いえ、別にいいんですが……隠してたワケでもないんで……」

そういえば。校舎の中では、ねねね先生の本は見かけませんでした。

「ライトノベルや、女の子向け小説は役に立たない、って学校が禁止してるんです」

ふっ、と読子さんの心中で、ちょっとだけ熱いものが揺らぎました。

「……紀伊さんも、それには賛同してるんです。だから、学校側も彼女が会長でいるほうがいいんですよ。……でもそれじゃ、私たちや……私たちの後輩が、素敵な本に出会うチャンスが、ずっと減っちゃうじゃないですか……」

泉ちゃん、自分の机の奥から、『君が僕を知ってる』を取り出しました。それを見て、思わず読子さんは口を開きます。

「!?」

びっしりと多くの付箋《ふせん》が挟まれていました。読子さんならわかります。それは、心うつ名場面や名セリフのページです。

「泉さん……」

読子さんは、また泉ちゃんと心が近づいたのを感じたのでした。

思わず彼女の肩に、手を置いてしまいます。熱い瞳で見つめてしまいます。優しい声をかけてしまいます。

「もう、私たちの間で面倒なコトはヌキにしましょう」

「はい？」

「本が好きな者どうしだったら、これで十分です」

読子さん、泉ちゃんの『君僕』を指さします。

「協力します。……あなたの栞《しおり》にかけて」

泉ちゃんの顔が、ぱぁっと明るくなりました。

「それじゃあ！」

「……といっても、わからないことだらけなので、選挙運動はぜひあなたに、手伝ってほしいんですが……」

「もちろんですっ！」

抱きつかんばかりの勢いで、泉ちゃんが迫ってきます。

「さっそく、手続きをすませてポスターとか、タスキとか作りましょう！」

「はいっ。がんばって、みんなに菫川先生の本を読んでもらいましょう！」

本人の知らないところで、いつのまにかねねね先生の営業をしている読子さんです。

「生徒会長になったら、特別資料室のカギも使えますし。本に不自由はしませんよ！」

身を翻《ひるがえ》そうとする泉ちゃんの肩を、読子さんは慌《あわ》てて引き留めます。

「……今、なんて言いました？」

「……特別資料室、ですか？」

「なんですか、それは？」

泉ちゃん、真剣な読子さんの顔を見て、ちょっと表情が強《こわ》ばります。

「生徒立ち入り禁止で、先生と会長しか使えない、図書室のことです……本当に見たことはないんですけど。話や、生徒会規則で聞いただけで……」

読子さんの、灰色の脳細胞が目まぐるしく働きます。

そうなのです。モノスゴく忘れ気味でしたが、読子さんは潜入捜査のためにこの学園にやって来たのです。そのためのセーラー服なのです。

ジョーカーさんに言われた〝本〟も、そこにある可能性大です。あっ、任務と目的が一致したではありませんか。

「……読子さん……？」

一人考えに沈む読子さんの顔を、泉ちゃんが覗《のぞ》き込みました。

こうなったら、なにがなんでも生徒会長にならなければ。なるべきです。なりましょう。なろうなろう明日はヒノキになろう……。

読子さんのセーラー服を、ねねね先生は委員長系と称しましたが、どうやら〝生徒会長系〟のカテゴリーも追加されそうです……。

二日後の、朝。

読子さんは学園の玄関前に、立っていました。

「おはようー、ございー、まーす！」

だんだん堂に入ってきたセーラー服姿に、『読書バカ一代』と書かれたタスキ、『必読』の朱文字も鮮やかなハチマキ。

レトロともいえる出で立ちに、紙製の巨大メガホンを口に当て、足を踏ん張ってます。

「このたびー、生徒会長に立候補いたしまーした、読子・リードマンでーす！」

なんですか、と生徒たちが立ち止まります。

読子さん、いつもの脱力&無気力が嘘《うそ》のようなハリキリぶりです。お揃《そろ》いのハチマキ、タスキをした泉ちゃんが、生徒たちにチラシを配ります。

チラシには、『本に自由を！』のコピーと、『私がやるです』とガッツポーズを取った読子さんの姿がプリントされています。

この二日で、読子さんの知名度はまた上がっています。立ち止まった生徒たちも「ああ、あれが……」「ウワサの読子さん……」などと、ヒソヒソ声で話しています。

「そうです！　私が読子さんです！」

自分でさん付けもどうなんだろう、と思われますが、生徒たちの中からは笑い声も聞かれました。思った以上に、読子さんは人気者です。

「えー、私、五日前に転入してきたばかりなんですが。こういう形で、生徒会長に立候補させていただきました！」

ぱちぱち、と拍手するのは泉ちゃんだけです。まあ、ここはしょうがないですが。

「私、この学園に来たその日に思いました。なんて素晴らしいトコロなんだろう、って！」

朝からテンションが上がっていく読子さんです。滅多《めった》に見られるものではありません。

「人と本が共存し、密接に結びつき、学問の、いえ生活の中に溶《と》け込んでいる！　まさに理想郷、桃源郷《とうげんきょう》、黄金郷！　この学園の生徒になれてよかった！　心からそう思いました」

読子さんの熱弁に、生徒たちが集まってきます。

「でもです！　……私、悲しいことを聞いちゃいました。……検閲《けんえつ》のことです。この学園、本を購入する際に、学園側の内容チェックがあるみたいですね？」

生徒たちの顔が、微妙に変化します。

「私、本は読む人が、自分自身で善し悪《あ》しを選ぶべきだと思うんです。でないと、人に勧められた本だけを読んでちゃ、本から学ぶものが偏《かたよ》っちゃうじゃないですか。……本がみんな違うように、私たちもみんな違います。だから読みたい本、大切な本、必要な本もそれぞれみんな違うんです。……私はみんなが、自分でそれを選べるような環境を作りたいんです。……そうしたら、この学園はもっともっと、素晴らしい場所になると思います！」

たどたどしくはありますが、そのぶん読子さんの言葉は真剣です。その熱に、生徒たちもだんだん影響されてきたようです。

「私が生徒会長になった暁《あかつき》には！　今購読が禁止されている類《たぐい》の本も自由に入荷、閲覧《えつらん》、貸し出しができるよう、学校側に交渉《こうしょう》します！」

ばっ、と取り出したのは、菫川ねねね先生の『君が僕を知ってる』です。それを見て、思わず生徒たちもざわめきました。

「禁止されてる本の中にも、名作はいっぱいあるんです！　私はそれを、みんなに知ってほしいんです！」

「校則違反だ！」

読子さんに声をあげたのは、いつのまにかやって来ていた洞《うつお》です。

「〝そういう本〟は持ち込んじゃ、ダメなんだよ！」

得意げな顔で、『君僕』を指さします。読子から一本取った、という喜びを隠せないのは、いかにもオコチャマな心理です。

「どうしてダメなのか、それをみんなで判断してほしいんです！　本は中身で判断されるべきです、ジャンルやカバーや、タイトルでそれを弾《はじ》くのは間違いです」

読子さん、非難を逆に主張に盛り込みます。

これは別に意図したことではなく、必死さがそうさせているのでした。自分が本当に思っていること、信じていることでないと、読子さんはこれほど熱くなれません。

そして、この態度はどうやらプラス方向に作用したようでした。

生徒たちが、読子さんにささやかな拍手を送り始めたのです。

「……ありがとうございます！」

これが、泉ちゃんの言う〝サムシング〟なのかもしれません。

「……!?」

困惑したのは洞です。自分の行動が、結果として読子を盛り立ててしまったのですから。

「ふんっ！　芳賀《はが》先生に、言ってやるから！」

追いつめられた時の対応まで、小学生じみてきた洞です。

「……自分だって、禁止本、読んでるじゃん……」

誰かが、洞にぽつんと呟《つぶや》きました。例のリードファイトのことです。いえ、彼女のみならず、この学園で禁止されている本を読まずにいられる生徒など、ほとんどいないのです。だからこそ、読子の主張が胸をうつのです。

「あっ、あれはっ……」

言い返そうとして、口をつぐんでしまう洞です。効果的な反論が思いつかないのです。

沈黙は、さらに読子さんを生徒たちにアピールすることになりました。

泉ちゃんは、想像したとおりの結果に深く頷《うなず》きました。洞の反論は想定の外でしたが。

読子さんの〝親しみやすいカリスマ性〟は、生徒たちに強い印象を残しました。

この場にいる人間も、半分以上はどこかの読書グループに所属しているはずです。彼女たちにしてみても、読子という新しい個性のほうが、現状の体制――紀伊《きの》サマの方針より身近に感じられるのは当然のこと。

いけます。

泉ちゃんは、小さな拳《こぶし》をぎゅっと握りました。

投票まで一週間。毎朝、昼、放課後。こんなふうにアピールを繰り返せば、学園の勢力図は大きく塗り替えられるはずです。

「ありがとうございます！　ありがとうございます！」

本当はここで、自分の名前を連呼しないといけないのですが。読子さん、ぺこぺこと頭を下げるばかりで、それを忘れています。

まあ、それでも初日としては十分すぎる出来でしょう。


ところが、その時です。


「豚だ！」

巨大なガラスが割れるような、激しくも繊細《せんさい》な声が響き渡りました。

「！」

全員が、その場に固まります。その声の持ち主を、みんな知っているからです。

「……誰……？」

知らないのは、生徒の輪の中央にいる、読子さんだけでした。

泉ちゃんの身体《からだ》が、戦慄《せんりつ》に固まっています。まさかこの場に、彼女が現れるとは。対して洞の顔が、一気に明るくなりました。まさかこの場に、彼女が現れるとは！

「……自由をはき違える者は、豚だ！　ブヒーと鳴け！　人の言葉は、自らを律する者しか、使う資格はない！」

「誰ですか！　どこですか⁉」

生徒たちの壁を見回す読子さんですが、声の方角も、それを発している個人も断定できません。それはご神託《しんたく》のように、その場に〝降って〟きているのです。

「豚は豚の本を読め！　そしてブヒブヒーと鳴くがいい！」

一方的な罵倒《ばとう》に、さすがの読子さんもムッとします。

「なんですかあなたは！　出てきてください！」

「いいだろう。……風よ！」

それはまるで、舞台を見ているようでした。謎《なぞ》の声のかけ声（ああややこしい）によって、突風が吹いたのです。

ぶぁっ、と音まで伴《ともな》ったそれは、一方向の生徒たちを強引に押しのけ、道を作りました。

「！」

全員が、その先を見ます。

そこに立っていたのです。彼女が。

國屋《くにや》紀伊、サマが。


変型セーラー服。

長身。人一倍長く、美しい手足。美巨乳。

美形顔。縦ロール髪。さらに金髪。

その瞳は大陸の果てを見渡し、その髪は世界を照らす太陽のように輝き、美貌《びぼう》はまさに生きる芸術、全身から発せられるオーラは空気を揺らす。

カリスマ。

ああ、カリスマ。

一目でわかります、この人は自分たちと違う世界に生きている。ナチュラル・ボーン・偉い人。その名は。

國屋、紀伊。

もう一度書きます。

國屋、紀伊サマ。

カリ、スマ！

「紀伊サマ！」

圧倒された一同の中で、最初に口を開いたのは洞でした。飼い主を見つけた子犬のように、一直線に彼女へと走りよります。

「國屋、紀伊さん……あれが……？」

読子さんの問いに、泉ちゃんが無言で頷《うなず》きます。

洞は彼女の後ろに回り、片膝《かたひざ》を立てて控えます。明らかに従者《じゅうしゃ》と王者の構図です。

「…………」

紀伊サマの視線が、読子さんに向けられます。蒼《あお》い炎のような、一見クールな中に異様な熱を帯《お》びた視線です。とても、一七、八の少女のそれとは思えません。手にしているのは、どうやら海外の詩集のようです。

「…………」

すいっ、と、紀伊サマの足が前へ進みました。一般人と同じく、右と左を交互に前に出し、お進みになられます。

美。美。美美。美美。美美美。美美美。

近づくにつれて、その美しさが質量となって読子さんに押し寄せます。これほどに威圧《いあつ》的な美が、よくこの世にあったものです。

果てしなく地味な女、読子・リードマン。

女王以外の生き方を知らない女、國屋紀伊。

二人が今、相《あい》まみえました。

「……………………」

「……………………」

無言で、互いを観察します。生徒会長、というイメージからは二人ともほど遠いのですが、候補者はまさに、彼女たちだけなのです。

先に口を開いたのは、紀伊サマでした。

「……理由なき自由は、ただの混沌《こんとん》」

「はっ？」

一匙《ひとさじ》の憂《うれ》いを帯びた声に、失神する生徒が出ました。

「我々が行っているのは検閲《けんえつ》に非《あら》ず、淘汰《とうた》だ！　淘汰に耐えられない文化は、生まれてきた意味がない！　華《はな》の命も、青春時代も短く、刹那《せつな》の夢のように儚《はかな》い！　我々には、無駄《むだ》に溺《おぼ》れる趣味はないのだ！」

どうにか咀嚼《そしやく》すると、要するに読子さんの主張に反対、ということなのでしょう。

それにしても、間近で見るとその美しさ、烈《はげ》しさがダイレクトに伝わります。王者の風格、というヤツでしょうか。

「そっ……それは、あなたの理屈じゃないでしょうか……？　それをみんなに押しつけるのは、どうかと思うんですが……」

読子さん、精一杯の抵抗を見せます。

「理屈ではない。……私の思想は、摂理《せつり》だ！」

摂理——世界のすべてを導き治める神の意志、恩恵《おんけい》（岩波国語辞典より）

なんという自信、なんという自意識でしょう。その口調にも、態度にも、一片の迷いすらありません。この断言が、人を惹《ひ》きつけ、ひれ伏させる理由なのです。

拍手と歓声が、生徒たちの中から起こりました。大衆の意志は、徐々に紀伊サマに傾きつつあるのです。

「でもでも、それは……!?」

「！　ごふうっ！」

読子さんが更《さら》なる反論を試みようとした時。

紀伊サマは、いきなり吐血《とけつ》なさいました。

「！」

「紀伊サマ！」

洞が、倒れかける紀伊サマを支えます。しかし紀伊サマは、

「触るな！」

とそれをつっぱねました。

「な、なぜっ……」

「驚くに値しない。この國屋紀伊、一人で立ち、一人で生き、一人で死ぬ覚悟は毎朝できている！」

口元に残った血は、明らかに本物。読子さん、彼女の烈《はげ》しさにヤラレっぱなしです。

「そう、誰にも頼らないのが王者の証《あかし》！　………………だが！」

ここで、ニクいまでの〝間〟を置くのが紀伊サマです。

「……王者の執《おこな》いはただ、……民のために……」

妖《あや》しい視線が、生徒たちを舐《な》めました。その耽美《たんび》にして鮮烈なる覚悟に、生徒たちはメロメロ状態に陥《おちい》ります。

「……紀伊サマ……」「紀伊サマ！」「紀伊サマ！」「紀伊サマ！」

紀伊サマを呼ぶ声は、次第に大きくなり、やがてその場を埋め尽《つ》くしてしまいました。

読子さんと泉ちゃんは、ただ呆然《ぼうぜん》と立ちつくすのみです。

紀伊サマは、ハンカチーフでそっ……、と血を拭《ぬぐ》うと、優美な手を一降りし、大衆の声を収めました。

「……予鈴《よれい》が鳴るぞ、皆の者」

「紀伊サマのお言葉だー！　全員、校舎へー！」

得意満面でかけ声を取るのは、もちろん洞です。

全員、とは言わないまでも大半が、その指示に従います。やはり生で見るカリスマの力は、彼女たちにも強烈だったようで。

取り残されたのは、やはり読子さんと泉ちゃん。こうなってみると、タスキの『読書バカ一代』が本当のバカに見えるから哀しいものです。

「…………………………」

紀伊サマは、もう一度二人を見つめ、特に泉ちゃんの存在に「今気がついた」という顔を見せて、再度右足と左足を交差させつつ、歩き去るのでした。

後にはただ、無常の風が吹くばかりなのでした。

「あれが紀伊さん……なるほど、いろいろな意味でスゴい人ですねぇ」

誰もいなくなった頃。ようやく我に返った二人は、玄関の靴入《くつい》れへと向かったのです。

「はい。……わかったでしょう？　他人の言うことはまったく聞かない人なんです」

勢い、というか個性で会話を圧倒し、人心を掌握《しょうあく》する。

計算ではなくて、天然の才でしょう。なかなか手強《てごわ》い相手といえます。

「……とにかく、今は地道に主張を聞いてもらうしかありませんね。だいじょうぶ、なんとかなりますよ」

読子さん、泉ちゃんを励《はげ》ましながら靴入れの戸を開けました。

「…………はれ？」

思わず首をかしげます。校内用上履《うわば》きの上には、ちょこんと手紙が載っていたのです。


「待っていた」

ノックと同時に、紀伊サマがドアを開きました。

「お、お邪魔《じゃま》します……」

一方の読子さん、おそるおそる室内に入ります。

手紙の差出人は、なんと紀伊サマ。一対一で読子さんとお話がしたい、と異常な達筆《たっぴつ》でしたためられていました。

泉ちゃんは「危険です！」と反対したのですが、読子さんはあえて乗り込むことにしました。紀伊サマは変人ですが、卑怯《ひきょう》なトコロはないようでしたし、なにより彼女自身に対する興味というものも、少なからずあったのです。

かくして呼び出された〝生徒会長室〟は、中世のフランスを思わせる装飾の、豪奢《ごうしゃ》な部屋でした。はっきり言って、職員室よりずっと立派です。

「ふわ〜〜〜〜〜〜……」

読子さんの注意は、すぐに内装から本棚《ほんだな》へと移ります。年代物の木製本棚には、キルケゴオル、ランボオ、中原中也《なかはらちゅうや》といった面々が並んでいました。娯楽本《ごらく》の類《たぐい》は、一切《いっさい》ありません。

「座るがいい」

大きなソファーに、沈むように読子さんが座ると、紀伊サマはその隣に腰掛けました。

並んで座ると、一層プロポーションの差が目立ちます。

「あのー……、お話って、なんですか?」

「なんだと思う?」

紀伊サマ、読子さんの顔を至近距離から見つめます。

普通の女子なら、これだけで陥落《かんらく》しているに違いありません。どういう意味での陥落かは、想像におまかせしますが。

「えーっと……お友達になろう、とか?」

紀伊サマの美貌《びぼう》に、笑いのようなものが浮かびました。

「友人を作る趣味はない。私に必要なのは、忠実なる部下だ」

「……じゃあ、なんの用ですか？」

「……その前に……」

紀伊サマ、自ら席を立って何冊かの本と、お茶のセットを持ってきました。つまり、この部屋には彼女たち以外、誰もいないということです。

読子さんが注目したのは、もちろん本のほうです。どれも、一〇〇年以上前の本に見えます。大英《だいえい》図書館のものとは違うようですが。

「おまえは愚《おろ》かだが、有能だ」

読子さんの力を、朝の一件だけで把握《はあく》している紀伊サマ。王者には、人を見定める力が誰よりも必要なのです。

「お、おそれいります……」

紙使いの能力まではバレていないと思いますが、それでも緊張の読子さんです。

「私に必要なのは、有能な右腕だ。……おまえにチャンスを与える。会長を辞《じ》して、副会長に立候補しろ。そして、私のために働くのだ」

ある程度、予想はしていた誘いでした。というか、泉ちゃんがそう持ちかけてくるだろう、と読子に注意していたのですが。

「あなたには、洞さんがいるじゃないですか……」

紅茶の湯気が、二人の間に生まれた緊張を揺らします。

「あれは有能だが、愚《おろ》かだ。……所詮《しょせん》は道具だ、腕にはなれん」

情のカケラもない口振りに、読子さん、ちょっと心を構えます。

「……おまえにもわかっているだろう？　この学園は、奇跡だ。淘汰《とうた》に淘汰を重ねて磨《みが》かれた、文系人材の宝物庫だ。私とおまえなら、それを史上最高の芸術まで高めることができる」

「……今の副会長じゃ、ダメなんですか？」

そうなのです。彼女が会長なら、副会長がいるはずなのでした。

「あいつは役に立たない。厳しさが足りない。おまえも、側にいたらわかるだろう？」

「側に？」

初めて、紀伊サマが意外そうな表情を見せます。

「泉のことだ。知らなかったのか？」

「！」

泉ちゃんは、副会長だったのです。それで、洞たちと知り合いだったのです。紀伊サマについても知っていたのです。しかしそれは、読子にとって驚きでした。

「聞いてませんでした……」

「今となっては、肩書きだけだからな」

「どういうことです？」

紀伊サマの瞳に、どこか蒼《あお》いものが走りました。

「あいつは、最後まで私に従うことができなかった。……だから、別れた」

短い言葉ではありますが、多様な意味を取ることができます。

紀伊サマにしても、あまり語りたくない話なのでしょう。瞳の蒼は、すぐに消えました。

「だが、私はおまえという人材を見つけた」

またもや、視線が妖《あや》しく変化します。

人の心の奥底を、直接覗《のぞ》きこむような、無礼な、そして純粋な視線。挑発と誘惑に彩《いろど》られた、生まれながらの揺れる眼差《まなざ》し。

そういう趣味はない読子さんでも、思わず胸が高鳴ります。

「もちろん、無報酬《むほうしゅう》ではない……」

紀伊サマは、机の上に置いた本を指しました。

「欲しいだけの稀覯《きこう》本を与えよう。ここにあるだけじゃない。おまえのリクエストどおりの本を、持ってくる」

その言動は、やはり特別資料室があることの裏付けなのでしょうか。

揺れる心の中で、必死に考える読子さんです。

……ここで一度、彼女の信頼を得ておくのも、任務達成の近道なのかもしれません。読子さんの第一目標は、あくまで本の奪回なのですから。

そんなことも知らない紀伊サマは、さらに身体《からだ》を密着させて、読子さんに迫ります。

「……私を信じるがいい。決して後悔《こうかい》はさせない。するワケがない。ここ以上に素晴らしい場所など、ないのだから……」

その手が、読子さんの手を握ります。ていうか、弄《もてあそ》びます。長い指をからめたり、手の甲をなぞったり、妙になまめかしい攻撃を加えてきます。王者とは、いろんなことを知っているものなのです。

「いえ、その……」

困惑しているうちに、読子さんもなんだかわからなくなってきました。あるいは、お茶にそういう成分が仕込まれていたのかも。いや、紀伊サマに限ってそんな……。

カリスマの指は、読子さんの身体に伸びて、

「む？」

セーラー服の下から、一冊の本を取り出しました。

「あっ……」

菫川ねねね先生の、『君が僕を知ってる』です。

「……ふん……」

紀伊サマ、指でつまむように本を持ち上げ、ソファーの後ろに放ります。

「あっ！」

「案ずるな。……もう、あんな下劣《げれつ》で低俗《ていぞく》な本は必要なくなる」

その一言で、読子さんは我に返ります。

「下劣？　低俗？」

「ああ。……真の感動とは、もう既に語り尽《つ》くされている。近世の本はすべて、その焼き直しにすぎない。……無意味だ。紙を消費するだけの、毒だ」

紀伊サマ、読子さんの変化に気がつきません。彼女が今、どれほど〝ムカつくー〟な状態にあるかを知らないのです。

「……真の感動を得るための、真の読書というものを、おまえに教えて……」

そこまで喋《しゃべ》った時。読子さんはするりと、紀伊サマの手から逃れました。

「…………………」

無言で乱れたセーラー服をなおし、『君僕』を拾います。

「どうした?」

「……すみません。……私、紀伊サマのお手伝いはできません」

「…………………」

拒絶の背を向けたまま、読子さんが続けます。

「私……本がどうして、これほど長い間愛されているか……考えたことがあるんです。たぶん、同じ本でも、読む人によって、感じるものが違うから……本は、時をこえて感動を与えてくれるんだ、って思ったんです」

紀伊サマは、読子さんの背を見つめています。

「どんな本でも、無限の可能性が秘められています。下劣、低俗って決めつけて、私たちがそれを切り捨てることはありません。……あなたにとって毒でも、私……」

一瞬、泉ちゃんの顔が浮かびました。

「私たちにとっては、宝物です」

読子さん、『君僕』をぎゅっと抱きしめて、背を向けたまま礼をし、部屋を出ていきました。

一人残されたのは、紀伊サマです。

「…………………」

今、そのお心を満たすのは、かつて一度しか感じたことのない思い。

「……なぜ、あいつと同じことを言ったのだろう……」

彼女の頭にも、泉ちゃんの顔が浮かんでいます。

紀伊サマは、ソファーに身を横たえて、まだ立ち上る紅茶の湯気を、じっと見つめるのでした。

第四章　『この支配からの卒業』

あっ！　ローレンからメールが！

それはともかく。


第二次世界大戦中、某国《ぼう》は〝美爆弾〟という兵器を開発していたそうです。どういうものかというと、通常の爆弾に某国トップレベルの美男美女の顔写真を搭載《とうさい》し、敵国に撃ち込むのです。破壊力はそれほどでもありませんが、広範囲に渡って撒《ま》き散らされた美しい写真は敵の戦意を挫《くじ》き、集中力を散漫にさせる、と心理学者が提唱《ていしょう》したのです。

某国の某総統《そうとう》は、この計画にゴーサインを出しました。

某国中から集められた美男美女は、退廃的な写真を何万枚も撮影されましたが、そうこうしている間に戦局は激変、敗色濃厚となり、計画は凍結《とうけつ》となりました。

結局そのまま某国は敗戦、某総統は自害して死体も焼却《しょうきゃく》されました。しかし、その司令部跡からは、計画に使用予定だった写真が発見され、連合軍をたいそう喜ばせたということです。

まあ、全部ウソなんですが。


しかしもし、この方がその時、某国《ぼう》にいらっしゃったら。

この方のお写真が、兵器として活用されていたら。

大戦の勝敗の行方《ゆくえ》は、変わっていたかもしれません。

クレオパトラの鼻が、歴史を左右したように。紀伊《きの》サマの美貌《びぼう》には、人の運命を左右する力があるのです。

校内全土に貼られた選挙用ポスターを見ると、そう思わずにはいられません。

昼下がりの窓辺、けだるげに文庫本を持ち、どこか憂《うれ》いのある表情を浮かべている紀伊サマ。その横に小さく、『美しくないことは罪。美しすぎることは大罪』のキャッチコピーが書かれています。

選挙のスローガンとしてはまったく無意味ですが、紀伊サマがどのような人物かは皆知っているので、これはこれでいいのです。

貼り出したポスターが盗まれることは、有名人の人気のバロメーターとして、芸能ニュースなどでよく話題になります。

しかし紀伊サマのポスターを盗む者はいません。人気が無いのではなく、あまりに美しく、おそれ多いからです。紀伊サマの支持者は皆、盗難という行為でその美しさに傷をつけたくないのです。

恐るべし、紀伊サマ。

さて、愚かにもその紀伊サマに真っ向からタイマン勝負を挑んでしまった我らがメガネ、読《よみ》子《こ》さんですが。

彼女のポスターはどこにあるのでしょう。

見たところ、本来あるべき場所――校内掲示板や、選挙候補者の告知板――つまりは紀伊サマの隣、には見あたりません。

神の視点で校内をリサーチしてみると…………おや？　廊下《ろうか》に置かれたゴミ箱に、なにやら大きな紙がぐしゃぐしゃに突っ込まれています。

神の手で引っぱり出し、広げてみましょう。

…………ああ、やっぱり読子さんのポスターです。

政府公報並みのワザとらしい笑顔を浮かべ、明後日《あさって》の方角を指さしています。スローガンはチラシと同じで『本に自由を！』。

ポスターについたシワが、そのまま年相応のシワに見えてしまう哀しい偶然はさておいて。どうして読子さんのポスターが、ゴミ箱に捨てられているのでしょうか。これは重大な選挙違反なのですが。

「いやぁ〜〜〜〜〜〜……。やるですね〜〜〜〜〜〜……」

授業中。読子さん、隣の席の泉《いずみ》ちゃんと小声でお話をしています。

「……こういう露骨《ろこつ》な手段に出るとは、意外でした……」

読子さん、本はとっくに読み終えているのですが、泉ちゃんと話すために、わざとページを開いて顔を隠しているのでした。早弁《はやべん》や内職を隠すテクニックですね。結果的に女子高生っぽい行動を取っている読子さんです。

二人の相談ごとは、もちろん選挙についてのことです。

ポスターだけではありません。

泉ちゃんの言う〝露骨な手段〟は、活動の全般に及んでいます。

ポスターは貼ればすぐに剥《は》がされ、チラシはストックにインキをかけられ、校内演説にはヤジを飛ばす生徒が現れ、放送は（読子さんの番に限って）機材が故障。校内新聞の論調も、あからさまに紀伊サマを持ち上げ、読子さんを非難、というヒイキぶり。

ここまで来ると、いっそ清々《すがすが》しいぐらいの妨害です。選挙活動なんて何一つできません。転入当初はそこそこにあった読子さんの人気も、今は下降の一途をたどっています。

これほどダイレクトな妨害工作をするには、集団の力と権力が必要不可欠《ふかけつ》。泉ちゃんの言葉は、かつての紀伊サマを知る者として、自然に出たものなのでしょう。

一応、今でも彼女には副会長としての肩書きは残っていますが、実権はまるでありません。読子さんと共に、孤独な戦いをするしかないのです。

「ん～、でも、どうします？　先生とかに言えば、なんとかなるモノなんでしょうか？」

読子さんの提案に、泉ちゃんが小さくため息をつきました。

「話は、聞いてくれると思いますが……。でもきっと、聞いてくれるだけですね。学校側にしても、今の状況のほうが望ましいワケですから。……それに、体制を変えようとしてるのに、学校側に泣きつくのは選挙的にも逆効果ですよ」

「ですね……」

読子さんも、さすがに実行までする気はありません。しかし、自分たちが置かれた状況は相当厳しいものであるのも事実です。

「……でも、みんながみんな、紀伊さんのことを支持してるワケじゃありません。……私、他のクラブに交渉《こうしょう》に行ってみます」

「あ、じゃあ、私も……」

泉ちゃん、付箋《ふせん》の束を取り出して、読子さんを制しました。

「読子さんは、予定どおり街頭演説にまわってください。それが、今私たちにできる最善の方法ですから」

そう言われると、頷《うなず》くしかない読子さんです。

「がんばりましょう。……好きな本を、好きな時に読むために」

泉ちゃんの笑顔には、人を励《はげ》ます力があります。それは、紀伊サマとはまた別の力です。そして読子さんは、彼女の笑顔のほうが、好きなのです。

二人は本に隠れて、ちょっとだけ、微笑《ほほえ》みをかわしました。


とはいうものの、一人の演説はヤジ馬の妨害もあって、なかなか辛《つら》いモノでした。

「はふーん……疲れたですねぇ……」

思わず、自分の肩をとんとんと叩いてしまいます。誰かに見られていたら、少しヤバいかもしれません。

とにかく、寮《りょう》に帰って泉ちゃんと合流しましょう。読子さんはそう考えながら、靴入《くつい》れを開けました。

「…………あれ？」

上履《うわば》きに、今度は付箋が貼られています。

読子さん、ぴるっ、とそれを剝《は》がして見つめます。そこには、メッセージが書いてありました。

「倉田《くらた》さんが監禁《かんきん》されてるってウワサを聞きつけました」

ええっ！　俺がっ⁉　→というのはたった今、私のケータイに斎藤千和《さいとうちわ》から届いたメールでした。どんな情報に踊らされてるんだこの女はっ⁉

いやいやそうじゃないよ、あまりに僕の原稿が遅いから、集英社様はナリタにハイヤー寄越して空港↓おウチの直ルートで仕事に没頭できるよう配慮《はいりよ》してくれたのサ。だから監禁じゃなくてヒキコモリだし、原稿もミルミル進むしでイイコトだらけのエヴリディだよ、と説明しようと思ったのですが、オモシロいので、ウンソウ、イマボク集英社の地下八〇〇メートルにある地獄監禁部屋にて男塾《おとこじゆく》級の超拷問《ちょうごうもん》ウケてる最中で。「両手と頭だけは残してオケよ」という編集者サマのミナサマに痛いトコロと快《こころよ》いトコロを刺激されながら痛快執筆中。今夜がヤマダ。と返信しました。

というのもウソでフツーに書いて送りました。その程度の男ですよ、僕は。

「読子さん」

校舎の最も奥にある、無人図書室。そこは図書室といっても、実質倉庫として使われています。蛍光灯《けいこうとう》とかも切れっパナシなので、ナイショ話やヒメゴト、恐喝《きょうかつ》などにも適している、と評判です。

読子さんがどうにかそこにたどり着くと、もう泉ちゃんが来ていました。

「すいません、遅くなっちゃって……この部屋、校内地図に載ってないもんですから……」

「本当は、何年も前にとり壊す予定でしたから。新しいマップには、載せてないんですよ」

確かに、他の図書室に比べて採光も悪いし、清掃《せいそう》もほったらかしです。棚《たな》に置かれているのも書類やカタログなどで、書籍はほんのわずかです。

「なるほど。……ヒミツの話には、もってこいですね」

泉ちゃん、なぜかちょっと顔を赤くして、話を切り出しました。

「読子さん。私、読みっコチームの皆さんに会ってきたんですが、あそこは結構、いい感触でしたよ」

読みっコチームは、確かA子ちゃんが所属していたチームです。

「あの夜、A子さんを倒した三省《みつせい》さんを、目の前で読子さんがやっつけたのが、よかったみたいです……。紀伊さんに投票するよりは、って、応援を約束してくれました」

「おおう、それは……いいニュースですねっ」

こんなふうに気がまわる辺《あた》り、泉ちゃんは副会長としてかなり有能だと思うのですが。紀伊サマは人を見抜く力はあっても、人を活《い》かす力に問題があるのでしょうか。

「……でも、それなら寮《りょう》のお部屋でもよかったんじゃ。あ、スパイに情報が漏《も》れたりしないように、注意したんですか？」

読子さんの言葉に、泉ちゃんの顔色がさっ、と変わりました。

「……どういうことですか？」

「……いや、言ったまんまですが。確かに、注意するにこしたことはないですからねっ」

あはあは、と顔を崩《くず》す読子さんですが、泉ちゃんの表情は真剣です。

「私をここに呼んだのは、読子さんですよね？」

「え？　……いいえ、だってほら……」

読子さん、上履《うわば》きについていた付箋《ふせん》を、泉ちゃんに見せます。そこには、『相談があるので、無人図書室に来てくだちい』と書いてありました。

「これ……私の字じゃ、ありません……」

「えっ？」

「それに、くだちいって……」

もちろん〝ください〟と書いたつもりなのでしょうが、字が汚いので〝くだちい〟にしか読めないのです。

「確かに……言われてみれば、泉さんの人格からはほど遠い！　雑で力まかせで文才のない文章ですね！」

突然。図書室の窓、そこに備え付けられている雨戸が一斉に閉まりました。

「！」

ただでさえ薄暗かった室内が、真っ暗になります。照明のスイッチを探そうと、読子さんは壁に視線を走らせますが、そのスキに、

「ちぇすとーっ！」

闇の中から、何者かが飛んで来ました。

「伏せて！」

読子さん、急いで泉ちゃんを床に押し倒します。しかし一瞬遅れた自分は、背中に激しい衝《しょう》撃《げき》を受けるのでした。

「痛っ！」

「読子さんっ⁉」

スタッ、トン、と背後で着地の音が聞こえました。

「ふっふっふ……こんな簡単な罠《わな》にひっかかるなんて、単純なヤツらだね」

「三省さん!?」

「洞《うつお》さん!?」

いきなり正体を当てられて、闇の中、慌《あわ》てる洞です。

「だっ、誰が三省洞だよっ！」

「だって、声が……」

「それに、ちぇすとーって……」

大声をはりあげては、闇討《やみう》ちの意味がありません。どうやら洞、そこまで頭が回らなかったようです。

「……まあいいっ。正体がバレたからって、ヤることは変わらないしっ」

「なにを、する気なんでしょうか?」

あいかわらず緊迫感のない、読子さんです。このペースが、常時ハイテンションの洞を狂わせるのですが。

「読子・リードマン！　おまえには、ここでひどい目にあってもらう！　それで全治何週間とかのケガをして、選挙を辞退するんだ！」

「なんですって!?」

反応したのは、当の本人ではなく泉ちゃんです。

「そんなこと、させません！　読子さんはこの学校に、必要な人なんです！」

暗い中、泉ちゃんが読子さんの前に立ちました。両手をいっぱいに広げて、彼女を守ろうとしているのです。

「泉ちゃん……」

読子さん、思わずホロリと来たのは、トシのせいばかりでもありません。

「紀伊サマは、もっともっともぉぉっと必要だっ！」

この大声で、他の生徒がやって来るのではないでしょうか。敵ながら心配になってしまいます。

「それでアナタに、闇討《やみう》ちをさせるの？　そんな卑怯《ひきょう》な人が、学園のためになにができるっていうの？」

「うるさいっ！　紀伊サマの言うことに間違いはないんだっ！　……リードファイトに出ろって言ってくれたのも、紀伊サマだっ。あたしみたいなバカ、でないとこんな学校で、やってけるハズもなかったのにっ……！」

ガラン、という音がしました。洞が、顔につけていたノクトビジョン――光量増幅機を外したのです。涙を、ふくために。

「利用されてるだけじゃない！　どうしてわからないの！」

泉ちゃんの鋭い一言が、洞に刺さります。

読子さん、それをそっとたしなめました。優しく肩に、手を置いて。

「泉さん。洞さんは、私に用があるんですから。……私が、お相手いたします」

「でも、読子さん…………？」

返事を待たず、読子さんは泉ちゃんの前に出ました。あいかわらず暗い室内ですが、なんとなく方角はわかります。

「洞さん。……あなたのお気持ちはわかりますが、私も泉さんと約束したんです。……ですから、入院するわけにはいきません」

返事の代わりに、ずびびっ、と鼻水をかむ音が聞こえました。洞の感情は、涙だけで収まらなかったようです。

「…………とにかく、お相手はします。どうぞ、かかってきてください」

「……いい度胸だ。……でもその度胸が、ムカつくよ！」

言うが早いか、洞が飛びました。直線で走ってくるかと思いきや、壁、棚《たな》、机に足を突きながら、変則的に接近します。

夜目《よめ》がきく、などのレベルではありません。おそらく彼女は、持ち前の映像記憶能力で、部屋の内部の構造、家具の配置を記憶しているのです。読子たちの位置がそう変わらなければ、裸眼《らがん》でも十分に対応はできます。

「！」

さすがに学習したのでしょうか、かけ声は発しません。一撃必殺の蹴《け》りを、読子さんに向けて放ちます。

しかし読子さん、少しも慌《あわ》てず。さっき、泉ちゃんからスルリと借りた付箋《ふせん》を、宙にバラ撒《ま》きました。

「!?」

バラされた付箋は、洞《うつお》の身体《からだ》にひたひたと貼りつきます。その音が、読子さんに、洞の位置を報《しら》せます。

「…………すみませんっ！」

読子さん、手近の書類で特大ハリセンを作り、洞を床に叩き落としました。

あたかも、ハエを始末するごとく。

こよりで縄《なわ》を作り、洞を縛《しば》りあげる読子さん。泉ちゃんはその手際《てぎわ》を、不思議そうに見つめています。

「……特技ですよ、特技。……私、紙細工《かみざいく》の手品が得意なんで」

「はぁ……」

その瞳は信頼二、疑い八、といった割合でしょうか。

「殺せーっ！　なんも喋《しゃべ》らないぞーっ！　辱《はずかし》めを受けるぐらいなら、死んでやるーっ！」

一方、囚《とら》われとなった洞は手足をジタバタと動かし、読子さんの能力にはなんら関心を持ってない様子です。

珍しいことに、読子さんの視線が、少しきつくなりました。

「殺すの死ぬのって、軽々しく口にするもんじゃないです。本はそんなこと、教えてないでしょう？」

「…………………くっ！」

洞は悔《くや》しそうに、顔を逸《そ》らします。

「……でも、彼女、どうするんですか？　証人として、学校に提出します？」

「それでも結局、さっき言ったのと同じように処理されちゃうでしょうねぇ。そもそも、洞さん、紀伊サマの不利になるような発言はしないでしょうし」

「アタリマエだっ！　あたしを甘く見るなっ！　紀伊サマのためなら、命だって惜《お》しくないんだからなっ！」

読子さん、静かにじっと洞を見つめます。会長室で紀伊サマが言った、「所詮《しょせん》は道具だ」という言葉が頭をよぎったのです。

「な、なんだよ……」

いつもと違う、大人びた視線に洞が反応します。

「……あなたのしているコトは、本当に紀伊《きの》サマのためなんですか？」

「そうに決まってるじゃないかっ！」

「……紀伊サマの言うことをなんでも信じて、間違いを正せなかったら……」

「紀伊サマは、間違えないっ！」

「間違えるんです。人間だから」

淡々と重ねる言葉が、不思議と重く響きます。それは読子さんの年輪からくる重みなのですが、二人は気づきません。

「……それは、この学校そのものにも言えることです。一つの正義によりかかるのは、そのほうが楽だからなんです。違う価値観をぶつけられ、自分で判断するのが嫌だからですよ」

正直、洞が読子さんの言葉をどれだけ理解しているかは、疑問です。それでも彼女は、次第に落ち着いてきました。読子さんの雰囲気《ふんいき》がそうさせるのでしょうか。

息をつめて、泉ちゃんが二人の様子を見ています。

読子さんは洞に、必殺の一言を告げました。

「……あなたが、本当に紀伊サマのことを好きなら。本当に紀伊サマの幸せを、思っているなら……」

「！」

洞が、思わず読子さんを見つめます。

「あなたは一度、紀伊サマと戦わなければなりません。……自分の全部をぶつけないと、いけません」

「……………………」

なにかに打たれたかのように、洞の動きが止まります。

長い長い沈黙が訪れました。おそらく、洞はこの学校に来て初めて、心のそこから悩んでいるのでしょう。

「……私に言えるのは、ここまでです」

読子さん、洞を縛《しば》っていた紙を、しゅるりと解きます。

「読子さんっ」

思わず声を出した泉ちゃんに振り返った時。読子さんは、もういつもの顔に戻っていました。

「だいじょうぶですよ。……どのみち人の心なんて、いつまでも縛《しば》っておけるもんじゃありません」

その言葉に応えるわけではありませんが、洞はその場に座ったままです。自分でも、まだ心に生まれている葛藤《かっとう》に、整理をつけられないのです。

「……ただ、それとは別に聞きたいことがあるんです」

読子さん、改めて洞《うつお》の前にしゃがみこみます。

「……今日のこともそうですが、私たちへの妨害工作も、どうしても納得がいかないんです。あれだけ美学を優先する紀伊サマが、こういう闇討《やみう》ちとか、卑怯《ひきょう》な手段をヨシとするものなんでしょうか？　かえって、プライドが許さないと思うんですが……」

確かに。読子さんの言うことも一理あります。

「あなた、本当に紀伊サマから、私を倒して来いって、言われたんですか？」

読子さんの問いに、洞は首を横に振りました。

「直接じゃないよ……指令書が来たんだ。ホラ」

大切そうに、胸元にしまっていた紙を取り出します。四つに折られたそれには、確かに読子さんを負傷させ、その証拠としてメガネを持ち帰ること、と作戦の内容が記されていました。

メガネ、の一文を読んで、読子さんの雰囲気《ふんいき》が少し硬化します。彼女のメガネに手を出そうとする者は、痛く切ない目にあうのです。

ご丁寧《ていねい》にも、その紙の最後にはサインと拇印《ぼいん》がありました。

「これ、紀伊サマのですか……？」

「そうだよ。……紀伊サマが、自分の血で押す勅命《ちょくめい》の印だ」

血判《けっぱん》、というヤツでしょうか。耽美《たんび》といえば耽美な話です。やや時代錯誤《さくご》な感もありますが。

「……こういうのって、紀伊さん、何度も出してるんですか？」

もう逃げる気や、戦う気は無くなったのでしょうか。洞がやたらと正直に答えます。

「バカいえ、滅多《めった》にないぞ。……せいぜい二、三回だ。超特別な時だけだ」

「…………………………」

「読子さん？」

考えこんでしまった読子さんに、泉ちゃんが声をかけます。

その時。

今回、やたらと酷使《こくし》される読子さんの灰色脳細胞は、一つの結論を導いたのでした。

それから二日後。

サン・ジョルディ学園生徒会、役員選出の投票日がやって来ました。目玉となるのはもちろん、紀伊《きの》サマと読子さんの生徒会長一騎討《いっきう》ち勝負です。

午前中から、大講堂に全生徒が集められました。壇上《だんじょう》には演説台と、紀伊サマ、そしてこの時ばかりは外すことができない読子さんの大パネルが展示されています。

ちなみに、副会長、書記といった他の役職の立候補はいません。皆、紀伊サマが選出された後、ご指名を受けるのを待っているのです。

開始五分前にして、生徒たちは皆揃《そろ》いました。

あくまで生徒たちの自主運営を謳《うた》っているため、どの芳賀《はが》先生たちも姿を見せていません。

講堂は生徒オンリーです。

総勢四五一名の生徒が、幾分か興奮して壇上を見守ります。

考えてみれば、読子さんが立候補しなかったら、この集会自体も必要なく、紀伊サマを直《じか》に見、そのお声を直に聞くチャンスも無かったのです。

そういう意味では、読子さんに感謝です。

投票するかは、また別の話ですが。

ほどなくして、壇上の両端に二人の生徒が上がりました。

読子さんと、紀伊サマです。

歓声と拍手、そして感極まった悲鳴が浴びせられました。
それは、八割以上が紀伊サマに向けられたものでした。

読子さんは、壇の真向かいから歩いてくる、紀伊サマをまっすぐに見つめます。エージェントという仕事がら、様々な個性に出会う読子さんですが、若くしてこれほどのオーラをまとっている人は、見たことがありません。存在感だけなら、菫川《すみれがわ》先生よりも上です。しかし何より得体《えたい》がしれないのは、彼女のオーラに理由が無いことです。菫川先生なら文才という、自信の拠《よ》り所《どころ》があります。

紀伊サマの自信、カリスマ性には、その根拠となる実体が無いのです。無論美貌《びぼう》は武器でしょうが、それだけであの強烈なオーラを身につけられるものでしょうか。

そんなことを考えていると、いつしか読子さんも、紀伊サマも、壇の中央に来ていました。

紀伊サマは、色々な要素を含んだ笑みを浮かべて、握手の手を差し出しました。

「…………………………」

躊躇《ちゅうちょ》はしましたが、断る理由もありません。読子さんは、その手を握りました。

「…………喋《しゃべ》りなさい。か弱くも醜《みにく》い、あなたなりの主張を」

笑顔のまま、紀伊サマはスルリとおっしゃいました。

読子さんは頷《うなず》きました。胸の鼓動《こどう》がスピードを上げていました。

こんな状況になって、なぜ自分はときめいているのか。それがたいへん不思議でした。

投票の前に、二人の候補者は全生徒の前で演説を行います。一度も街頭演説を行わなかった紀伊サマにとっては、最初で最後の演説です。

「……先にイカせてもらう」

ルールにより、先手は紀伊サマとなりました。まあ、五〇音順なのですが。

読子さんは頷き、後方、自分のパネル下に置いてあるパイプ椅子《いす》に腰掛けます。

一方の紀伊サマは、悠然《ゆうぜん》と演説台に向かいました。

窓の側に待機していた生徒たちが、カーテンを閉めます。暗くなった室内に照明が光り、ピンスポットで紀伊サマを照らします。眩《まぶ》しいに違いありません。が、紀伊サマは目を細めたりしません。たかだかスポットライトより、自分のほうが眩しいと知っているからです。

全校生徒の視線が、紀伊サマに集まりました。

「…………………………」

紀伊サマは、ニクい沈黙を一つそこに置かれて、

「……皆の者……」

演説を、始めました。

「……心に、美はあるか⁉　人生を彩《いろど》る、美学はあるか⁉　たれ流される情報とデマゴギーに、自らを見失っていないか⁉　人が人たる最大の理由は、欲望を律することにある。欲望のままに生きることなら、イヌでもネコでも豚でも、オケラだってミミズだってアメンボだって可能なのだ！　人生は是《これ》欲望との戦いだ！　そして諸君にはそれに勝利するだけの意志の力がある！　人が人として最も美しい時、それは己を律している時なのだ！　さらにさらにさらに！　人を人たらしめた奇跡の要素は、英知の力だ。先人から受け継いできた膨大《ぼうだい》な知識、智恵、学問を習得することこそ、我々人類の目標にして生まれてきた意味なのだ！　だがしかし！　哀しいかな悲劇かな、我々の生には限りがある！　先人の遺産をすべて得ることは、物理的に不可能なのだ！　これは、神が我らを創造する時に、あえて課した問いだと私は思う！　生きて死すこと、それ自体が人生という問題なのだ！　その中でなにをするか？　それが全人類が悩まなければならない、答えなのだ！　問いには答えなければならない！　苦悩あってこその成長、進化！　悦楽《えつらく》だけの人生に意味があるのか⁉　いやない！　とあえて反語的に言おうではないか！　我々は人類という一つの種である以上、進まなければならない！　が！　そのためには、無限の取捨選択を必要とするのだ！　チョモランマに登る登山家は、限界まで荷物を削《けず》る！　エンピツは半分にへし折る！　そのほうが軽いからだ！　登山日記のノートは半分に破って持っていく！　そのほうが軽いからだ！　それほどの努力を己に課して初めて、彼らは頂上に達することができる！　頂点は、不必要な脂《あぶら》にまみれた豚を受け入れるほど広くない！　我々も、烈《はげ》しい選択をしなければならない！　後史に残らないのが確実視されているような駄文《だぶん》を記憶するほど、我々の脳は寛容ではない！　青春の時間も無限ではない！　駄本など、何万冊あっても無駄、無駄、無駄、無駄、無駄、無駄なのだ！　反論があるならベルサイユに来い！　汝《なんじ》の讃《たた》える軽佻浮薄《けいちょうふはく》の書と、私の愛するランボオが、どちらが優れているか、朝まで生《なま》討議《とうぎ》しようではないか！　ちなみに私は全力を以《もっ》て、勝利に向かう覚悟がある！　まだこの学園のシステムに、私の主張に異論を持つ者たちに告げる！　刮目《かつもく》せよ！　刮目せよ！　さもなくば、私に刃《やいば》を向けよ！　その主張とやらを、ごふっ（吐血《とけつ》）、私にぶつけてみよ！　私には洗練された智恵がある！　鋼《はがね》より強固な美学がある！　美を共有する者たちよ、その友情を我に与えたまえ！　この学園の、我々の、全人類の進化のために！　ガールズ、美《ビー》、アンビシャス！　少女たちよ、美しい大志を、その胸に！」

一気、です。

紀伊《きの》サマは一気にお言葉を続けて、生徒たちを圧倒しました。そう、圧倒という他ありません。吐いた血すら拭《ぬぐ》わず、凜《りん》と聴衆を見据《みす》える姿は、まさにカリスマ。後ろから見ていた読子さんですら、目眩《めまい》を覚えるほど素敵です。

衝撃《しょうげき》からきた沈黙は、すぐに熱狂へと変わりました。

「……紀伊サマ！　紀伊サマ！　紀伊サマ！」

皆、今イチ呼びにくいシュプレヒコールを努力と高揚《こうよう》でカバーします。

紀伊サマは、それを泰然《たいぜん》と受け止め、そっとハンケチで唇を拭い……、

「！」

そのハンケチを、生徒たちに放《ほう》りました。ロックバンドのグルーピーのように、生徒たちがそれに群がります。

熱狂。まさに熱狂。

どう考えても、読子さんの不利です。群衆の中の泉ちゃんも、心配を隠せません。

紀伊サマが、演説台から離れ、入れ替わりに読子さんがそこへと向かいます。

自らのパイプ椅子《いす》に向かう足を止め、紀伊サマが読子さんを見ました。

「…………………」

「…………………」

二人の視線が、交差します。言葉は無くても、既にアイデンティティーのやりとりは、始まっています。

ふっ……と、天使ですらとろけそうな、優雅な息を漏《も》らし、紀伊サマはパイプ椅子にお座り

になりました。なぜか、その仕草だけで拍手が起こります。

そしてついに、読子さんが演説台に立ちました。

先ほどまでの熱狂はどこへ消えたのでしょう、生徒たちは皆、静まりかえって読子さんを見ています。それは決して、好意的な視線ではありません。むしろ、紀伊サマとの熱狂に、なんの水をさす気なの？　という非難の色がミエミエです。

「…………………」

読子さんは、聴衆の中に泉ちゃんを見つけ、軽く笑いかけた後……、

「……皆さん」

静かに、話し始めました。

「……本、好きですか？　好きですよね。私も、大好きです。……どうして私たちは、こんなに本が好きなんでしょう？　冷静に考えてみると、本って、あんまりいいトコロないんですよね。作るのに手間はかかるし、情報量は限られてるし、重いし、場所をとるし……。メディアとしてなら、他に優れたものは、いっぱいあると思うんです。……なのにどうして、私たちは、本から離れられないんでしょう」

紀伊サマとは対照的な、静かなトーンです。しかしその声は、じわりじわりと生徒達の耳に浸《し》みこんでいきます。シンプルな、それでいて感情の詰まった、言葉となって。

「……私、思うんです。……情報や、智恵や……必要なことを伝えるだけなら、たぶん他のメディアでもいいんじゃないかって。むしろ、そっちのほうが便利だろうって。……でも私は、本が好きなんです。本からそれを、学びたいんです。……それは……たぶん、本が……時々、自分の予想を超えるようなことを、教えてくれるからだと、思うんですけど」

紀伊サマの、美しい眉毛《まゆげ》が、わずかに動きました。

「……私、人よりちょっとたくさん、本を読んできました。いろんな本を読みました。すっごく感動した本もあるし、一回しか読まなかった本もあります。……でも、それ、全部好きなんです。思いがけない場所で出会った人が、知らなかったコトを教えてくれるように……本は、私にいろいろなコトを、語ってくれます……」

生徒たちは、読子さんをじっと見つめています。その瞳の温度は、こころなしかわずかずつ、上がっているようです。

「そうなんです。私にとって、本は人と同じなんです。……知ってるだけの、与えられるだけの出会いじゃ、満足できないんです。いっぱいいっぱい、出会って、喜びたいんです。……無駄《むだ》だなんて思えないんです。今、私はこうして皆さんに会ってますが、それもちょっと前までまったく予測してませんでしたし……でも、これだって、楽しくて、嬉《うれ》しい、大切な出会いですもの」

泉ちゃんが、栞《しおり》をそっと握ります。

「……すべての人が平等であるように、すべての本も平等です。……そうじゃない、甘いって言う人もいるかもしれませんが……私はそう、信じています。だから、本と出会えるチャンスを、自分で閉ざさないでください。自分でドアを開けて、本を探しに出かけてください。……きっと、そこに……素晴らしい出会いがあると思うんです」

沈黙。読子さんはふうっ、と息を漏《も》らし、頭を下げました。

「……………………」

ぱち。

ぱちぱち。

ぱちぱちぱちぱちぱち。

「…………？」

驚くべきは、その拍手が、泉ちゃん以外の人から出てきたことでしょう。誰とも知らない生徒の一人が、読子さんを見つめて涙を流していました。

「……………………」

彼女を最初として、ばらばらと他の生徒が続きます。もちろん、全員ではありません。紀伊サマのケースに比べれば、静かなものです。

しかしそれは、ずっとずっと長く、続いたのです。誰も止めないまま、その静かな拍手は途《と》切《ぎ》れることなく、続いたのでした。

紀伊サマは、不思議そうな顔で、その光景を見ていました。


演説台の上に、投票箱が設置されました。

二人の候補者の前を、生徒たちが一人一人、自ら書いた票を持って通り過ぎます。

読子さんも紀伊サマも、微動だにしません。その流れをじっと、見つめています。


開票は、有志の生徒二人によって行われました。

壇上《だんじょう》にあけられた生徒たちの票が、一枚ずつ読み上げられていきます。

「紀伊サマ……読子さん。……紀伊サマ……、紀伊サマ、紀伊サマ……紀伊サマ……」

誰も声一つ立てない講堂に、ひたすら紀伊サマの名前だけが呼ばれていきます。それは演説と同じように、圧倒的な温度差でした。

読子さん、一〇二票。

紀伊サマ、三四七票。

立候補者本人の二票を除く結果が、これでした。

「…………………………」

読子さんは、座ったままです。勝敗を告げられるまでもありません。明らかな落胆《らくたん》が、見てとれます。

「…………………………」

しかし意外にも、紀伊サマも座ったままなのです。勝利のアピールをするかと思いきや、どこか納得しかねるような顔で席を動きません。

とはいえ、結果は結果です。

開票した生徒が、票数と紀伊サマの勝利を正式に発表しようとした時。

「待てよっ！」

生徒の中から、声が上がりました。全員が、その声の主に注目します。

「おかしいよっ！」

それは、洞《うつお》でした。

「こんなに差がつくわけないだろっ！　愛書同好会のメンバーだって、せいぜい一五〇人なんだから！」

「そんなの、理由にならないでしょ！　二人のうち、どっちを選ぶかが問題なんだから！」

もっともな意見が、他の生徒から飛びました。もちろん彼女も、愛書同好会のメンバーです。確かに、同好会の上限を超えたからといって、〃おかしい〃理由にはなりません。

しかし、今の洞はなにか覚悟を決めたような真剣さで、声をあげています。

「だったら、この場で証明してくれよっ。みんな、本当に紀伊サマを選んでるのか!?」

周囲にとっては不可解《ふかかい》な言葉です。洞が紀伊サマの信奉者《しんぽうしゃ》であることは、校内中が知っていることなのですから。

「証明って……だから今、投票したんじゃない。あんたバカじゃないの?」

「ああ、バカだよっ！　だから、紀伊サマのお言葉は、さっぱりわかんなかったさ！」

その一言は、実は他の生徒たちの心に爆弾を投下していました。

「紀伊サマの考えが立派なのはわかるさ、でも、あたしが〃そうだな〃って思ったのは……あのメガネのほうなんだ！」

壇上《だんじょう》の読子さんを指さします。読子さん、呆然《ぼうぜん》と洞を見つめ返します。呆然としていたのは、泉ちゃんも同じです。洞が言い出さなければ、まさに彼女が異《い》を唱《とな》えようとしていたのですから。

確かに、読子の票数は少なすぎるのです。読みっコクラブに浮動票を加えると、これほど大差になるとは思えません。浮動票の生徒たちにしても、現状が望ましいのなら愛書同好会に入っているはずなのです。読子さんに共感する人は多いはずだ、と泉ちゃんは分析《ぶんせき》していたのでした。

ともかく、洞の発言は続きます。

「みんな、手を挙げてくれよ！　あのメガネに投票したヤッ！」

「そんなの、必要ないでしょ！　なんのための無記名投票なの」

「必要なんだ！　紀伊サマのために！」

洞の声に、初めて紀伊サマが反応しました。

「紀伊サマは、正しくないといけないんだ！　カッコよくないといけないんだ！　……騙《だま》されてちゃ、いけないんだよっ！」

ざわ……ざわ、と、生徒たちが騒ぎだします。

「騙されている……私が……？」

紀伊サマも、小さく口を開きました。

洞は、まるで泣きそうな表情になりました。

「手を挙げてくれよ！　……この栞《しおり》にかけて、頼むから！」

くしゃくしゃの栞を、高く掲《かか》げます。それは、泉ちゃんが読子さんに見せたのと同じものです。彼女は彼女で、精一杯を賭《か》けているのでした。

「！」

全員が息を飲みました。この学校にいる者なら、その栞がなにを意味するかは、一目瞭然《いちもくりょうぜん》だからです。

「あのメガネに、投票した者！」

しばらくの沈黙が流れました。それは、読子さんの演説の時にも似ています。そしてその後の展開も、また同じものでした。

「……………………」

真っ先に手を挙げたのは、もちろん泉ちゃんです。この時少しだけ、紀伊サマは彼女を見ました。置いていかれた迷子《まいご》のような、顔で。

ぽつぽつと、他の生徒が続きます。それは少しずつ、少しずつでしたが……途絶えることはありませんでした。

それはやがて、過半数を超えました。

「真実なのか……？」

壇上《だんじょう》からその光景を見ていた紀伊サマは、純粋に驚きの表情を浮かべています。

「真実なのかと、聞いている！」

びく、と手を下げそうになる生徒もいます。しかしそれが、紀伊サマに明確な答えを示していました。

「！　…………ではこれは、なんなのだ！」

紀伊サマは、力を込めて投票箱を叩きました。床に落ちたそれから下部の蓋《ふた》が外れます。

「!?」

そこから、大量の投票用紙が流れ出ました。カラと思われた箱は、二重底になっていたのです。

「！」

紀伊サマが、険しい視線で開票していた生徒を睨《にら》みます。二人とも、涙を浮かべた目で首を横に振りました。自分たちも知らなかったと、訴えます。

床に落ちた投票用紙には、〝読子〟〝読子〟〝読子〟の文字が踊ります。今、目の前の現実を裏付けるように。

「なぜだ……」

誰も口にはしませんが、挙手していた生徒たちの多くには、共通項がありました。

それは、菫川ねねの『君が僕を知ってる』を読んだ、ということです。

以前に読んだことがある者。この数日で、読子さんと泉ちゃんの所有本を回し読みした者。

その全員が、手を挙げていたのです。

「……生徒会長は……読子さんです！」

泉ちゃんが、集団の中から宣言します。それを合図とするように、生徒が手を下ろし、紀伊サマが床に膝《ひざ》をつきました。

「………………愚《おろ》か者《もの》は、この私だったというわけか……」

声から温度が消えています。それに気づいたのは、読子さんだけでした。

「恥辱《ちじょく》は、罪だ」

紀伊サマの口元に、力がこめられます。

「！　ダメです！」

読子さんが素早く動いて、紀伊サマにぶつかりました。彼女が舌を噛《か》み、自決しようとするのを防いだのです。

「！」

二人は壇上《だんじょう》を、ゴロゴロと転がりました。あられもない紀伊サマの姿に、一同は騒然となります。

「紀伊サマっ！」

いち早くかけつけるのは、もちろん洞です。

「……止めるな。私の人生は、終わった……」

むにゅう、と頰《ほお》を押さえられたまま、それでも耽美《たんび》に紀伊《きの》サマが呟《つぶや》きます。読子さんはその手を離さずに、ぜぇぜぇと息をついてます。

「不正は恥辱《ちじょく》だ。恥辱は罪だ」

「恥ずかしいのは、罪じゃ、ありません……………すぐに、慣れます……」

壇《だん》の下から、洞が心配そうな顔で見つめています。

「……ここで死んだら、あなたは誰にもなんにも伝えないで人生終えちゃうんですよ。……それって、美しくないと、思いませんか?」

「……………」

「……もし、……少しでも、今までしてきたコトが、悪いと思うなら……生きて、もっといろんな本を読んでください…………」

読子さんは、ゆっくりと紀伊サマの口から手を離しました。

「……………私には、わからん。……どんな本を、読めばいい?」

読子さん、紀伊サマの手を取って、引っ張り起こします。やはり彼女の手は美しく、小さな傷の一つもありません。

「……どんな本でも。あなたが、彼女に救われたように……」

紀伊サマの無事を見て、洞の顔がぱぁっと明るくなりました。しかしそれは一瞬で、すぐにぐずぐずと涙で崩《くず》れていきます。

「あなたに読まれて救われる本も、きっとあります」

壇上《だんじょう》で、向かい合う二人を、生徒たちがじっと見つめます。

読子さんは、そっと紀伊サマに握手の手を出しました。

「…………………………」

紀伊サマは、しばらく不思議そうに見つめていましたが……。すぐに、その手を握りました。今までで一番、美しい笑顔を浮かべて。

わっ、と拍手が起こり、歓声が飛び交います。

全校生徒が一丸となり、壇上の二人を祝福します。新たな生徒会長と、前生徒会長を。

「…………紀伊サマぁ〜〜〜〜〜〜〜……」

洞も、涙をだばだばと流しながら手を叩いています。あるいは、一番の功労者は彼女かもしれません。

紀伊サマは、彼女に視線を向けて言いました。

「……洞。……なにか、おもしろい本はあるか?」

びく、と身を震わせて、洞が一冊の本を取り出します。

「！　はいっ！　ありますっ！」

それは、付箋《ふせん》だらけの『君が僕を知ってる』でした。

拍手も歓声も、止《や》むことがありません。散らばった投票用紙がヒラヒラと舞っているのは、実は読子さんのちょっとした演出です。

紀伊サマの新たな、そしてちょっとオモシロいであろう学園生活へのお祝いです。


しかし、読子さんはもう一つしなければならないコトがあるのでした。

「紀伊サマ……聞きたいことがあるんですが……」

「なんだ?」

「紀伊サマの、好きな動物はなんですか?」

「……タヌキだ……」


読子さん、寮《りょう》に戻ってスーツケースを開きます。

何冊もの本の下に、今回は使わないかも、と思っていたオナジミのアイテムがしまってありました。

無言でそれを引っぱり出す読子さん。

それのポケットに、紙をしまう読子さん。

どうしよう？　と一瞬考えましたが、結局セーラー服の上からそれを羽織《はお》る読子さん。読子さんは愛用の、大英《だいえい》図書館特殊工作部のコートを着込み、部屋を出ていきます。

この事件の幕を、引くために。


「……生徒会長、読子・リードマン、入りまーす！」

転入してきて約一〇日。

ずいぶんと挨拶《あいさつ》も上手《じょうず》になった読子さんです。誰も褒《ほ》めてはくれませんが。

返事はありませんでしたが、勝手に室内に入ることにします。

「失礼、しまーす……」

職員室には、総勢二五名の芳賀先生が勢揃《せいぞろ》いしていました。その中央にボス然と座っているのは、あの用務員の芳賀先生です。

「あの～……、私、さっきの選挙で生徒会長になったので……特別資料室の場所と、鍵《かぎ》を貸してほしいんですが……。紀伊サマに聞いたら、先生方が持ってる、って聞いたので」

いつものようににへらへら、と笑みを浮かべて下手から交渉《こうしょう》します。が、先生たちの顔は厳しく固まったままです。

「猿芝居《さるしばい》が……」

芳賀先生（用務員）が、ボソリと呟《つぶや》きました。無駄《むだ》に威厳《いげん》のある声です。

「はい？」

「最初から、おかしいと思っていたんだ。だいたい、女子高生にしてはフケすぎている」

「いやぁ、すみません……本当は、二五歳なもので……」

生徒の自主性にまかせる、と言ってはいたものの、やはり大講堂であったコトは知っているようです。というより、既に読子の背景も調べあげたのでしょう。

「だから、転入生なんて入れるべきではないといったんだ。芳賀先生のせいですよ」

芳賀先生（保健）が舌打ちします。

「この事態は、事前調査が足りないからだ。責任はむしろ芳賀先生に」

芳賀先生（英Ⅱ）が反論します。

「私ではない。芳賀先生が」

「いや芳賀先生が」

「むしろ芳賀先生が」

ハガハガ飛び交う責任のなすりあいに、読子さん、ちょっとゲンナリしました。

「もういい。……やはり、親族以外は信用できんということだ」

結論をくだしたのは、芳賀先生（用務員）です。やはりこの人が、リーダーのようです。自ら読子を迎えに来たのは、どんな生徒かを見極めるためだったのでしょう。

「紀伊も脆《もろ》いものだ。……やはり、芳賀の血が薄いせいか」

「あのカリスマ性には、惜《お》しいものがあったのだが」

これは意外。紀伊サマも、芳賀先生の血縁だったのでしょうか。顔から判断する限り、それほど近親ではなさそうですが。

「まあいい……」

芳賀先生（用務員）が、ユラリと立ち上がります。

「ヤツからは、一族の資格を取り上げる。あのように脆い精神では、ゆくゆくの使命に耐えられまい」

「あ、じゃあ、紀伊サマはあなたたちと無関係ってコトですね。よかった、これで心配が消えました」

胸を撫《な》で下ろす読子さんです。

「ハガ！」

リーダーのかけ声で、先生方は一斉に自分のエモノを取り出しました。

それは巨大な三角定規《じょうぎ》、コンパス、チョーク、地球儀、黒板消し、ノート、赤いボールペン、ブックエンドと様々ですが、トゲやギザギザなどの凶悪なデコレーションが施《ほどこ》されているのです。

それにあわせて、読子さんも紙を構えます。

「……あの。今ならまだ、本を返してくだされば……普通に通報だけですみますよ」

ふん、と先生方が鼻を鳴らすのは、明らかに読子さんを軽視しているからです。セーラー服姿では無理もありませんが。

リーダーが手を挙げ、読子さんに向けて下ろしました。

「連《レン》！」

一斉に、芳賀軍団が読子さんに襲いかかります。

「ひっひっひ！　俺たち血族ならではのチームワーク攻撃をくらうがいい！」

と一番手の芳賀先生（担当科目不明）が飛びかかってきます。

「いやぁ、ちょっとそういうのは、遠慮《えんりょ》しときます〰〰……！」

読子さん、バックステップでかわしながら、紙をとばして視界を遮《さえぎ》ります。目測を失った芳賀先生は床に墜落《ついらく》しますが、その間に横から芳賀先生が忍び寄ります。

「げばら！」

巨大分度器で殴《なぐ》りつけてきたのをかわしますが、間髪《かんはつ》入れずに芳賀先生が職員室備え付けの消化器を読子さんに振り下ろすのです。

「どうだ！　ドコを向いてもハガ、ハガ、ハガ！　ハガ先生だらけの暴力大会！　頭がポロリもあるよ！」

「スキなし！　ヒマなし！　油断なし！　ハガ先生のハガ先生によるハガ先生のための連続攻撃、略してハガレンの恐ろしさを、微妙に笑って思い知れ！」

「いやぁ～、私的《わたしてき》にはちょっとぉ～……」

余裕《よゆう》があるように聞こえますが、なにしろ多勢に無勢。芳賀先生のとめどない攻撃はじわじわと読子さんを追いつめ、タイツとかも破れてもう大変、です。

「これって、やっぱり、あの。……体罰《たいばつ》なんでしょうかぁ？」

読子さん、狭い職員室を逃げ回って、攻撃をかわしていますが、このままでは消耗《しょうもう》戦もイイトコロ。

「！」

某《ぼう》コックのセガールが台所では無敵なように、職員室は読子さんのナワバリ、と思いましたが、よく考えてみたら芳賀先生たちのほうが職員室にいる時間も長いワケで。

「いやっ、これはっ……キリがありませんね」

意外にしぶとい読子さんですが、いずれは捕まり、縛《しば》られ、有害なコトをされてしまうのは時間の問題です。清く正しいスーパーダッシュとしては、そういう展開はちょっち避けたい。

書いてもいいけど今日は避けたい。

てなワケで、少しはしたなくはありますが読子さん、芳賀先生の机に飛び乗りました。

「もらった！」

四方の宙から、現国《げんこく》、古文、漢文、英Iの芳賀先生が襲いかかります。

「あげません！」

読子さん、コートの前をバッ！　と開いて、全方位に向けて紙を乱射しました。

「だひぃっ！」「むぎゃぇ！」「アジャパー！」とオリジナル風味な悲鳴を残し、芳賀先生が倒れていきます。

読子さんは、そのまましばらくクルクル回って連射を続けました。

「はひぃ〜……目が、目がぁ〜……」

と止まった時には、職員室は芳賀先生の死屍累々《ししるいるい》、という有様なのでした。

その中から、フラフラとリーダーの芳賀先生を探し当てる読子さんです。

「先生〜……お世話に、なりました〜〜〜……」

もうなんか、既に虫の息の芳賀先生（用務員）です。お歳《とし》を召しているぶん、体力が無かったのでしょうか。

「カギを〜〜、もらっていきます〜〜〜……」

「ああ、やっぱり……」

カギを入手した読子さん、芳賀先生（用務員）から聞き出した場所は、ある程度予想していたトコロでした。

無人図書室。泉ちゃんと情報を交換し、洞《うつお》に襲われたあの場所です。なるほど、ここに特別資料室があるのなら、改装できないのも道理です。

「……えっしょ、えっしょ……」

本棚《ほんだな》をどけると、そこには地下に続く階段の扉があります。

「うわぁ～……さすが戦前組。古典的ですねぇ～……」

そういうのが決して嫌いではない、むしろ好みの読子さんです。用意してきたランプに火を灯《とも》し、そろりと地下に向かいます。

一〇メートルほど地下に広がっていたのは、図書室というよりは穴蔵《あなぐら》です。

「こっ……これはっ……」

しかし、読子さんにはとっては本物の宝物蔵《ほうもつぐら》です。なにしろそこに並んでいるのは、戦前から集められた稀覯《きこう》本、名書の数々なのですから。

「いやしかし……この量は……」

図書館以外で、これだけの名書が集まることは極めて稀《まれ》です。それを可能とする手段はやはり、盗難。

芳賀先生一族は、盗書を専門として戦前から財をなしてきたのです。本を選んだのは、宝石などより警備が緩《ゆる》いから。マニア相手の市場であるため、価格操作が可能だから。続けているうちにノウハウが溜《た》まったから、という理由です。

読子さん、ご丁寧《ていねい》にもその図書室に置いてあった『芳賀家回想録』で、それらの事実をふんふんと知っていきます。

しかし、戦後の出版ブームで彼らの職業も微妙に変化します。

本は安価な商品となり、稀覯本も激減。彼らはヤミ本を売りさばいていたルートに接近し、政界にコネを作ります。

芳賀一族は、もともと盗書専門の部下を育成していたこの学園を、女子寮《りょう》に改装。徹底的な本の知識を仕込み、政治家の秘書やスタッフとして潜り込ませることに成功します。不思議と、男はどんな世でも文学少女には弱いもので、戦後五〇年の永《なが》きに渡って、その需要《じゅよう》が途絶えることはありませんでした。

〝紙魚《しみ》〟と呼ばれた彼女たちは、芳賀に情報を流し続け、芳賀もその情報を捌《さば》いては、さらに資産を強固にしてきたのです。

「許せませんね……本を、そんな目的のために利用するなんて……」

資料を手に、ぷんすか怒る読子さんです。結局、この学園がライトノベルなどを拒絶したのも、いずれ送り出す〝お得意先〟が、そういうノリのスタッフを嫌うからなのです。

そんなことのために、本を愛する少女達の純情が犠牲《ぎせい》になっていいのでしょうか？　いやよくない。反語で怒る読子さんです。

「しかるべき報《むく》いが、必要ですねっ」

とりあえず、ジョーカーに言われた本を探し出した読子さんですが、学園もこのまま放《ほう》ってはおけません。

「なんとかしないと……うわっ⁉」

のんびりと悩んでいる間に、階段の扉が閉められました。

「⁉　しまった！」

慌《あわ》てて階段をかけ上がると、扉の向こうから笑い声が聞こえてくるではありませんか。

「アーッハッハッ、愚《おろ》か者《もの》がーっ！」

間違いありません、芳賀先生（用務員）です。連中を縛《しば》っておかなかったのは、うっかり読子さん大失敗の巻、と言っていいでしょう。

「おまえはそこで死ぬのだ！　学園の秘密を見たものは、絶対に帰さない！　本だけは山のようにあるから、退屈はせんだろうがな！　あーっ、ハッハッ……！」

ヒステリックな笑い声は、なにかニブい音で強引に中断されました。

「………………？」

読子さんの前で、ゆっくりと扉が開けられます。

「……だいじょうぶですか？」

そこに見えたのは、頭部に瘤《こぶ》を作って倒れている芳賀先生（用務員）と、バラバラに砕《くだ》けた花瓶《かびん》らしきモノの破片、そして心配そうに覗《のぞ》きこんでくる、泉ちゃんの顔でした。

夕陽が、校舎を染めていきます。

校舎のほうからは、賑《にぎ》やかな声が聞こえてきます。大講堂の騒ぎが、そのまま〝紀伊《きの》サマを囲む会〟になって、ずっとパーティーが続いているのだそうです。

泉ちゃんは、「先生に報告してきます」と言っていつまでも帰らない読子さんを心配して、校舎にやってきたのです。

「……本当に、会っていかないんですか？　みんな、寂しがりますよ」

「……いや、まあ……でも、こういう風にいなくなるのが、一番なんですよ、私」

読子さんと泉ちゃんは、二人で校門に向かっています。

「あの……私のことは、ナイショにしといてくださいね」

読子さん、さすがにここまで来ては隠し通せず、泉ちゃんには自分の正体と目的を話してしまったのでした。固有名詞は微妙に避けましたが。

「はぁ……でも、まだ信じられません……。読子さんが、二五歳だったなんて……」

「あ、そっちですか。……そんなに若く、見えます？」

「いえ、そう言われたら年相応に」

くすっ、と思わず笑みがコボれます。

読子さん、とりあえず学校の電話で警察に通報はしておきました。説明はご苦労さまですが、泉ちゃんにおまかせです。

「この学園……どうなるんでしょうか？」

泉ちゃんが、どこか寂しそうに呟《つぶや》きます。

「いや、このままでいいんじゃないですか？」

読子さんのアッサリとした言葉に、泉ちゃんは思わず立ち止まりました。

「紀伊サマも、あんな風になったし……先生を総トッカエしちゃって、みんなで校則を作り直せば、いい学校になりますよ、きっと……」

「そんなコトって、できるんでしょうか……」

「あなたたち次第だと、思います。……ここはあなたたちの、学校ですから……」

ガラにもないことを言う読子さん。自分で言っててなかなか照れくさいものです。

「……読子さんは、そういう考え方の人なんですね」

「はい？」

今度は読子さんが立ち止まります。その間に、泉ちゃんはてってっと距離を詰めました。

二人の位置は、もう校門です。読子さんは少し離れた場所で、大英図書館からのヘリを待つことになっています。

コート、本をしまったケースを地面に置き、泉ちゃんに向き直ります。

「さてと……一〇日間、お世話になりました」

「あ、いえ……こっちこそ……」

「私、こんな学園生活って無かったから……とっても、楽しかったですよ」

軽いイメクラのようなものでしょうか、と思うと感動も複雑ですが。

「……まあ、修学旅行や、文化祭ができなかったのは、残念ですが」

読子さんのセリフを聞いて、泉ちゃんが笑います。

「……じゃあ、卒業式だけでもやりませんか？」

「えっ？」

「卒業証書は、ないけれど……」

泉ちゃん、制服のポケットから栞《しおり》を二枚、取り出します。

「それ……？」

「読子さん用に、私が作りました。お揃《そろ》いですよ」

なるほど、栞に結ばれたピンクのリボンが、一緒《いっしょ》です。

「もらって、いいんですか？」

泉ちゃんは、えへんとワザとらしく咳払《せきばら》いして声を作ります。

「……授与、します」

「……ありがとう、ございます……」

恭しく、両手でそれを受け取る読子さん。こういうノリは珍しい。

「……読子さんは、一足早くこの学校を旅立ちますが……」

「二五歳ですから」

茶化《ちゃか》す読子さんを、泉ちゃんがめっ、と眉《まゆ》をしかめて怒ります。

「旅立ちますが！　……また、どこかで会えますか？」

二人の視線が繋《つな》がります。それぞれの顔を夕日が赤く染め、頬《ほお》の紅潮《こうちょう》を隠します。

「……きっと、どこかで」

泉ちゃん、栞をそっと掲《かか》げました。

「栞《しおり》にかけて」

読子さんも、それに続きます。

「はい。……栞にかけて……」

二人の栞が交差して、地面に落ちる影はまるで指切りをしているようです。

頬《ほお》の紅潮《こうちょう》が鎮《しず》まる頃、

「……では……」

読子さんは、カラコロとケースを引きずって、森の中へと消えていきました。

「……またね、読子さん……」

泉ちゃんは、その背をじっと見つめています。

その視線の先、読子さんの背中には。別れ際に、彼女が貼り付けた付箋《ふせん》が残っているのでした。

「ありがとう、生徒会長　生徒代表　書泉《かく》」

と書かれた、付箋が。

（おわり）

あとがき

いやもうタイヘンですよ。エラいコトですよ。

毎回毎回ヤバいヤバいと書いてましたが、今回は本気でヤバかったですよ。ていうか現在も進行形でヤバいのですよ。これでは本文冒頭と同じですが。

今ケータイの受信履歴《りれき》を見たら、前二〇件は全部編集長からだったですよ。如何《いか》に切羽《せっぱ》詰まってるかがわかるってもんですよ。

なにしろもう、イラストの方が先にあがってしまったですよ。もうどうなんでしょう僕。人として。ローレンにはぜひヒミツな方向で。

当初、今巻は読子《よみこ》の英国での一日をダラダラと描く、『をんな二十五歳ぶらり本屋巡り』にしようと思っていたのです。資料も集めてもらったのです。

ところがプロットを作る段になって、お手持ちのＤＶＤの棚《たな》を見ていると、輸入屋で買った

『スクール・オブ・ロック』の背表紙が。

その瞬間、もう頭の中は『スクール・オブ・ブック』ですよ。『ひみつの階段』ですよ。『グレイテストな私たち』ですよ。『豪放ライラック』ですよ。誰か止めてよ。

文体もちょっと変えてみたですよ。ちょっとどころか。

仰天《ぎょうてん》文体のつもりが、妙にNHK教育の解説お兄さんみたいで我ながらキモチ悪いですよ。読むほうもですかそうですか。

そういえば私、アニメの『R.O.D』でもミシェールに中学校の制服着せたし、CDドラマでもナンシーに着せたし、今回も読子にセーラー服着せたしで、どうやらそういう傾向があるみたいです。若作り傾向？　みたいな。

あと、中盤とかの文章は海外で書かれてるですよ。

本文読めば書いてあるけど、アメリカのアニメのコンベンションで『R.O.D』の宣伝してきたですよ。んでみんながオマハビーチ行って独軍と死闘を演じている時にじゃなくてベニスビーチでバカーンスをエンジョーイしている間に、ホテルの部屋でセコセコと書き進めたのですよ。まったくもって、自業自得《じごうじとく》なんですけど！　ていうか俺が悪いんだよ！　今からちょっと死んできますカラ！　誰か止めてよ！

こういう逆ギレはダメですね。すみません。今回は本っ気でミナサマにご迷惑をおかけしました。ごめんなさい。猛省します。

などと書いてたら、アメーリカから発送した、向こうで買ったＤＶＤの山が届きました！『Ｇ—ガンダム』とか『逮捕しちゃうぞ』とか『今僕』とかのＢＯＸセットです！　とか書いてたら今また斎藤千和《さいとうちわ》からメールが！「生きてます？・」だと！　オマエの情報源は誰なんだ⁉　僕はこのとおり元気ハツラツだ（『ドラゴンヘッド』口調で）……。

まあ、とにかく。ですね。今回は。もう限界。なので。このへんで。

ナジミの本屋か、カリホーニァか、君のウチで会いましょう。

人生をライブ感覚でお送りする　倉田英之

エピローグ

報告を終えて、彼女は廊下《ろうか》に出た。

図書館特有の、紙の匂《にお》いが空気に混じっている。好ましい匂いだ。

レポートを読み、上司はひどく喜んだ。大量の稀覯《きこう》本と、優秀な人材たち、その家族へのコネクション、そしてこの世界ではトップクラスの〝大英《だいえい》図書館特殊工作部〟エージェントの資料が一気に手に入ったのだから。

何ヶ月ぶりかのスーツに身を包み、泉《いずみ》は愛用のメガネをかける。

事件はもちろん、公《おおやけ》になっていない。しかしだからといって、誰が騒ぐことだろう。

本当の事件は報道などされない。静かに沈んでいくものだ。

国立国会図書館の特務課は、数年後に正式な設立が予定されている。今回の手柄《てがら》で、自分はおそらく、そのメンバーに選ばれるだろう。

そうなれば……また、どこかで彼女に会うかもしれない。

泉は胸のポケットに入れた、栞《しおり》に目をやる。

私たちには、似ているところがある。

趣味も、使命も、年齢も。

しかし次に会った時。それがどう作用するかは、わからない。

何ヶ月ぶりかのタバコを探そうとして、館内が禁煙であることを思い出し、苦笑する。

まあいい。あまりの童顔《どうがん》ゆえに、タバコを吸うと必ず詰問《きつもん》されるのだ。マンションに帰って、ゆっくり吸うのもいい。

ふっ、とタバコの代わりにいじっていた栞をポケットに戻し、独り言《ひとりごと》をつぶやく。

「ありがとう、読子《よみこ》さん。……あの一〇日間、あなたはまったくいい〝センセイ〟だったわ」

泉は、ピッ、と一枚の付箋《ふせん》を弾《はじ》いて去っていく。

その付箋に書かれた文字は……………………………………………


（終）

スーパーダッシュ

R.O.D. 第十巻

READ OR DIE　YOMIKO READMAN “THE PAPER”

倉田英之
スタジオオルフェ

集英社スーパーダッシュ文庫

2004年 7 月30日　第 1 刷発行
2016年 8 月28日　第 2 刷発行

★定価はカバーに表示してあります

発行者　鈴木晴彦
発行所　株式会社　集英社
〒101-8050　東京都千代田区一ツ橋 2-5-10
03(3239)5263(編集)
03(3230)6393(販売)・03(3230)6080(読者係)

印刷所　株式会社美松堂／中央精版印刷株式会社

ISBN978-4-08-630192-X C0193

第一巻

大英図書館の特殊工作員・読子は本を愛する愛書狂。作家ねねねの危機を救う！

第二巻

影の支配者ジェントルメンはなぜか読子に否定的。世界最大の書店で事件が勃発！

第三巻

読子、ねねね、大英図書館の新人司書ウェンディ。一冊の本をめぐるオムニバス。

第四巻

ジェントルメンから読子へ指令が。“グーテンベルク・ペーパー”争奪戦開幕！

第五巻

中国・読仙社に英国女王が誘拐された。交換条件はグーテンベルク・ペーパー⁉

第六巻

グーテンベルク・ペーパーが読仙社の手に。劣勢の読子らは中国へと乗り込む！

第七巻

ファン必読。読子のプライベートな姿を記した『紙福の日々』ほか外伝短編集！

第八巻

読仙社に囚われた読子の前に頭首「おばあちゃん」と親衛隊・五鎮姉妹が登場！

第九巻

読仙社に向け、ジェントルメンの反撃開始。一方読子は両者の和解を目指すが…。

第十巻

今回読子に届いた任務は超文系女子高への潜入。読子が女子高生に⁉興奮の外伝！

第十一巻

“約束の地”でついにジェントルメンとチャイナが再会。そこに現れたのは……⁉

第十二巻

ジェントルメンとチャイナの死闘が続く約束の地に、読子が到着。東西紙対決は最高潮に！

R.O.D シリーズ
READ OR DIE
YOMIKO READMAN "THE PAPER"
倉田英之
スタジオオルフェ
イラスト／羽音たらく
大英図書館特殊工作部のエージェント
読子・リードマンの紙活劇《ペーパー・アクション》！
シリーズ完結に向けて再起動!!
スーパーダッシュ